당신들에게 전하는
따뜻한 위로의 치유와 성장 이야기

못다 핀 꽃망울들에게

김희정 에세이

도서출판
청어

못다 핀 꽃망울들에게

김희정 지음

발행처	도서출판 **청어**
발행인	이영철
영업	이동호
홍보	천성래
기획	남기환
편집	방세화
디자인	이수빈 ┃ 김영은
제작이사	공병한
인쇄	두리터

등록　　1999년 5월 3일
　　　　(제321-3210000251001999000063호)

1판 1쇄 발행　2023년 10월 30일

주소　　　서울특별시 서초구 남부순환로 364길 8-15 동일빌딩 2층
대표전화　02-586-0477
팩시밀리　0303-0942-0478
홈페이지　www.chungeobook.com
E-mail　　ppi20@hanmail.net

ISBN　　979-11-6855-201-2 (03810)

당신들에게 전하는
따뜻한 위로의 치유와 성장 이야기

못다 핀 꽃망울들에게

김희정　에세이

작가의 말

길을 걷다 임산부를 만나게 되면 잠시 가던 길 멈추고 충분히 좋은 양육자 되도록 기도한 후 발걸음을 재촉한다.

부모가 자녀를 어떻게 양육하느냐에 따라 그 자녀의 인생이 180도 달라지기 때문이다. 그렇다고 내가 나의 자녀에게 충분히 좋은 양육자, 엄마였느냐 묻는다면 그렇지 못하였노라 답할 수 있기에 스스로의 보상심리인지도 모를 일이다.

그러다 문득,
충분히 좋은 양육자·부모가 되어달라는 짧은 기도도 좋지만, 그보다는 무언가 방법을 알려주고 실천해 보도록 하는 것이 더 효과적일 것이라 여겨졌다.
그렇다면 이론을 제시하는 것보다는 모두가 쉽게 읽고 접하고 실천해 볼 수 있도록 하는 것이 훨씬 더 유용하게 쓰임 받는 방법이 될 것 같았다.

상담의 임상 현장에서 수많은 이들의 삶 속에 들어가 그들의 신음에 가까운 통곡 속에서 통찰이 되어지고 깨닫게 되는 것들이 너무나 많았다. 지독한 외로움에 몸부림치고, 싸늘한 공허함에 적셨던 티슈 양 만큼 보다 더 힘들었을 그분들을 위로하다 보니 그 안에서 놀라운 영성을 경험하게 되었다.

정답이 없다는 인생길에 누군가는 팁을 가지고 간다면 못다 핀 꽃망울들처럼 속수무책으로 당하며 살진 않을 것 같았다. 그래서 칼럼·시·에세이 등 장르 구분 없이 내 나름 정갈하게 써 내려가다 보니 이렇게 한 권이 되었다.

　깨달아 가면서 써 본 글이 한 권의 책으로 나오기까지 이 한 사람 믿어 주고 도와주셨던 많은 분들과 청어 출판사 관계자분 그리고 대표님께 감사드린다.

　또한, 상담 현장에서 자신의 삶 속으로 초대하여 스승 되어 준 내담자분들과 상담전문가로서의 보람을 느낄 수 있도록 후기 글 써 보내 주신 분들 그리고 못다 핀 꽃망울로 살아오신 수많은 분에게도 머리 숙여 감사함 전한다.

목 차

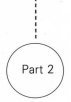
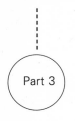

Part 9

편지 편

프롤로그

아버지의 칠순 여행(2001년 5월)

어언 칠십 평생
자식 뒷바라지
부모 봉양에
내 병 오는 줄 몰랐구나.
저승길 향해 가고 있는 나를 몰랐구나.

누워계신 모친 보기 민망하여
칠순 잔치 거둬내고
제주 여행 대신 하니 혼자 보기 아까워라.
치매 모친 봉양하는 마누라 보기 미안해라.

이리 품고 제주 바다
저리 품고 한라산을
내 마음 내 가슴에 품고 품어 품느라
내 병 오는 줄 몰랐구나.
저승길 향해 재촉하는 나를 몰랐구나.

요기 저기 찍고 찍어 남겨보는 사진인데

훗날 더듬어 볼 시간이나 있을까나
제주 갈치 돼지 삼겹살에 노곤 노곤해진
내 몸 뉘어 잠들 때에
들리는 듯 들려오는 저 휘파람 소린
내 귀에만 들려오는 이별간가
옆 방 자고 있는 딸네 가족에겐
늙은 애비 코고는 소리로 들리런가.

소리 소문 없이 흩어지는 내 인생이로다.

이렇게 아버지는 2001년 5월 제주도 여행을 다녀오시고 난 직후 뇌경색으로 병원에 입원하셨다. 그로부터 약 5개월 후 90세가 넘으신 당신 모친인 할머니를 아내인 엄마에게 맡겨두고 하늘나라로 떠나가셨다. 그렇게 아버지는 제주 여행을 마지막으로 생을 달리하셨다.

우리 가족과 함께하셨던 제주도 여행이 당신에겐 처음 타본 비행기자 마지막 여행이 되어버렸다. 아버지 스스로 걸어 다니실 수 있었던 자유의 발걸음 마지막이 제주도에서였다. 동에 번쩍 서에 번쩍 홍길동이란 별명이 무색하게 아버진 그렇게 고향 땅 한 번 스스로 밟아보지 못하고 떠나가셨다.

그로부터 정확하게 아버지가 제주도로 꽃구경 가셨던 그 찬란한 5월을 이어받은 어머니는 이십 년을 더 사신 후 당신도 5월에 긴 여행을 떠나셨다. 어머니 발인 때 선산 향해 가는데 왜 그리 비가 내리던지 아직 가실 때가 아닌데 가시게 된 어머니의 한숨 같았다.

어머니와의 마지막 밤을 생각하면 가슴이 먹먹해 와 창밖의 빗줄기보다 더 굵은 눈물만 하염없이 흐르는 눈물을 멈출 수가 없었다. 그래서 더더욱 차 창가에 기대에 앉아 숨죽여 가며 울었다. 행여 다른 가족 눈치챌까 빗줄기에서 눈을 떼지 못한 채 서글퍼서 울었다. 어머니의 고단했던 그 삶이 왜 그리 서러웠는지….

가시는 길 만큼은 외롭지 말라며 엄마에게 편지를 띄워 보냈다.

먼 길 떠나는 우리 엄마에게 띄우는 편지(2021. 5. 20. 목)

백년 만년 곁에서 내 온갖 짜증 받아줄 것 같은
우리 엄마 어디 가고 안 계시요?

87년 살아오신 귀하디귀한 당신이
한 줌 흙 되어 돌아가니 하늘도 저렇게 서글피 우요야.
그러니 내 마음 쥐어짜며 우는 소린 들리겠소?

마지막 내게 던져준 다급한 음성은
당신 태중에 막내딸로 거할 때
당신이 들었던 내 소리인 듯하여
하늘도 저리 슬피 우는 갑소.

머가 그리 급해서
머가 그리 급하다고
남은 자식 얼굴 한번 안 보고도
손 한번 안 잡아 보고도
서운하지 않을 만큼 그리도 급하셨소?

잘 가시오. 우리 엄마.
뒤돌아보지 말고
쉬엄쉬엄 쉬었다가 잘 가시오.
들꽃 꺾어 마중 나온 아버지 만나거든
싸박싸박 보조 맞춰
잘 가시오. 우리 엄마.

당신 택한 황천길이니 평안히 가시오야.
떠난 그 길 만큼은 꽃길이길 빌어 보오.

어머니!
가시라 떠미는 자 없고, 빨리 오시라 재촉하는 자 없으셨을 텐데도 쫓기듯 떠나시는 당신의 그 마음. 짓누르는 외로움을 이기지 못해 선택한 당신의 두려움 읽었기에 불효자는 울었습니다. 어머니 좋아하시는 책을 엮어서 당신의 삶을 위로하니 이 못난 딸을 용서하여 주십시오.

상담의 여러 임상 현장에서 보고·듣고·말하고·느끼면서 깨달아졌던 울림들을 두 분 앞에 겸손히 바칩니다. 당신들이 가슴으로 제게 못다 한 말,

저 역시 마음 담아 들려드리지 못다 한 말을 여기에 담아 드립니다. 저의 어머니와 아버지로 살아주셨던 감사함으로 이 책을 두 분께 바칩니다.

Part 1

특별한 밥상 편

내 생애 최고의 밥상

　　아침 출근 준비는 언제나 분주했다. 그렇기에 출근하는 길에 어디를 들려서 간다는 것은 더 더욱 바쁘고 분주하게 만들기 충분했다. 늘 언제나.

　　내게는 우리 집과 가까이 살고 계시는 친정엄마가 계셨다. 시간 개념 없이 전화하시는 엄마 때문에 걸려오는 전화를 놓칠 때가 많았다. 어느 금요일 이른 아침이었다. 더 정확히 말하면 엄마가 돌아가시기 삼 일 전이었다. 그날도 어김없이 걸려온 전화를 잠이 덜 깬 목소리로 받게 되었다. 엄마의 말씀은 오전에 봉천동 현대시장에서 장을 보고 오겠다는 말씀이었다. 그날은 나의 일정상 늦게 출근할 수 있는 날이었다. 그래서 출근하는 길에 모시고 시장에 내려드리겠다고 전해 드렸다.

　　시장에 내려드린 날 오후 엄마에게 전화를 드렸다. 받지 않으셨다. 약간의 걱정스러움이 밀려왔다. 시장에 내려드릴 때 쉽게 그곳을 알아보지 못하시고 "여기가 어디냐? 오메"라며 엄청 숨차 하시고 장소를 금방 알아차리지 못하셨기에 드린 전화였다. 내려드릴 당시 좌회전 차량들이 계속 오는 상황이라 엄마를 내려드리기 바빴고 교통 흐름 상 그 자리를 빨리 벗어나야만 했다.

엄마는 세 번째로 전화를 드렸을 때 비로소 받으셨다. 휴~ 다행이었다. 나도 무언가 직감을 한 것이었을까? 그날따라 유독 엄마의 숨 차 하시는 소리가 예사롭지 않게 들렸으니까. 시장 보고 택시 타고 잘 들어왔노라 하시면서 퇴근길에 들리라고 하셨다. 워낙 간곡히 들리라 말씀하시는 바람에 9시가 넘은 퇴근길이었으나 들리게 되었다.

엄마는 굴비를 신문지에 둘 둘 말아 싸서는 내게 주셨다. 집에 가 식구끼리 한 마리씩 구워서 먹으라는 당부도 잊지 않으셨다.

다음날 토요일을 맞이하였다. 이날도 출근 준비하느라 분주하였다. 그때 엄마에게서 전화가 걸려 왔다. 울리는 전화를 패스하고 싶을 정도로 분주하였으나 받았다. 엄마는 말씀하셨다. "퇴근하는 길에 집에 와라. 어제 장 봐 온 거 생선이 있단 말다. 몇 마리 줄게야." 어제도 오라 해서 갔다가 생선 몇 마리 싸 주신 것 받아왔노라 말씀드렸다. 그래도 엄마는 막무가내셨다. "네가 어제 왔었냐? 내가 어제 줬냐? 그랬냐? 아따 그래도 와야. 너 보고 잡은 게."

저녁 8시에 모든 업무가 끝났다. 서둘러 엄마 집으로 향하였다. 30분 후 도착한 나는 엄마의 숨차 하시는 모습을 또 볼 수 있었다. 숨 차 하시는 모습을 보면서 "아무것도 하지 말고 그냥 쉬셔."라는 말만 반복하였다. 나의 말에는 아랑곳하지 않으시고 서둘러 저녁 밥상을 차리셨다. 당신도 저녁 식사를 하지 않으셨는지 당신 밥까지 차려내셨다.
한 번도 이런 적은 없었는데….
항상 오후 6시경이면 저녁 식사를 챙겨 드셨던 분인데….

밤 9시면 주무시는 시간인데….

이 시간이 되도록 드시지 않고 계셨다는 것이 이해가 가질 않았다.

작은 밥상 위에는 밥 두 그릇과 굴비 한 마리가 퐁당 빠진 것처럼 흥건하게 끓여진 탕이 있었다. 그리고 김치 두 가지. 고춧가루로 휘저은 듯 굴비 한 마리가 둥둥 떠 있는 탕은 왠지 느낌이 쏴 했다. TV에서는 YTN 뉴스 채널이라 오늘의 핫한 이슈들을 이야기하기 바빴다. 뉴스를 듣는 것도 아니면서 아무런 말도 나누지 않은 채 밥그릇만 서로가 비워냈다. 엄마는 식사가 끝나기가 무섭게 말씀하셨다. "늦었다. 빨리 집에 가 쉬어라. 애기들 기다릴라." 내쫓듯 쫓는 엄마에 의하여 곧바로 자리에서 일어나 집에 올 수밖에 없었다.

그렇게 하루가 지나가고 일요일은 조용하게 지나갔다.

2021년 5월 17일 월요일을 맞이하였고, 이날은 퇴근이 조금 일렀다. 오후 4시 30분에 집에 도착한 후 5시에 이른 저녁을 먹고 세면실에 들어가 간단하게 씻고 있었다. 그때였다. 핸드폰이 울렸다. 대충 물기만 닦고 발신자를 확인하였다. 엄마였다. 또 오라고 하는 말씀이시겠지? 그냥 패스할까 싶은 마음이 올라왔다. 하지만 그 벨 소리는 평상시와 다르게 느껴졌다. 그래서 받았다. 다급한 엄마의 목소리. 평상시 전자기기를 타고 들려오던 목소리는 아니었다. 어딘가 다급해 보였고 뭔지는 모르지만 문제가 생겼다는 것을 직감으로 알 수 있었다. "엄마, 엄마, 엄마"라며 애타게 부르짖는 막내딸의 울부짖는 목소리는 들리지도 않는 듯 보였다. 뚜 뚜 뚜… 하는 신호음만이 내게 메아리로 되돌아왔다.

대충 옷을 갈아입고 엄마에게 갔을 땐 심정지로 돌아가신 후였다. 나중에 시체 검안서에 기록된 사망 시간은 막내딸인 내가 도착하고 난 후, 2분이 지난 시간으로 기록되어있었다.

이렇게 허무하게 떠나보내 드렸다. 워낙 자기 관리가 철저하셨기 때문에 엄마의 죽음을 준비한 자식은 없었다. 그 이후 한동안 엄마가 돌아가시기 3일 전 금요일로 자꾸만 태엽을 되돌리게 되었다. 특히 토요일 밤 그 싸한 느낌의 국물이 흥건했던 밥상에 대하여 늘 리플레이 하면서 영상을 떠올리게 되었다. 엄마가 차려준 많은 밥상을 받아봤지만 그날처럼 쏴 했던 밥상은 처음이었고 그런 흥건한 국물 역시 처음이었으니까. 그렇게 그 시간까지 주무시지 않고 기다리다 힘들게 차려낸 밥상은 당신 살아생전 막내딸과의 마지막 겸상이 되었다.

엄마 당신은 자신의 죽음이 가까이 왔음을 알고 계셨던 모양이다. 당신 홀로 가는 길을 준비하셨으니 그 심정이 오죽했을까 싶다. 그해 어버이날이 평일이라 그 전 주 일요일 오후 아이들과 함께 찾아뵙고 집에 간다며 나섰을 때에도 대문 밖까지 나오셨다. 우리 아이들이 당신의 시야에서 사라진 후에도 그 자리를 떠나지 않고 지키고 계셨다. 들어가시라 이야기를 해도 한참을 대문에 손을 기댄 채 우리가 사라진 골목 모퉁이 끝을 바라보고 계셨다. 골목 모퉁이를 다 빠져나와 몰래 훔쳐보았을 때에도 그 자리에 그대로 서 계셨다. 그 모습을 지켜봤던 아이들 역시 할머니에게로 가서 한 번 더 안아드리지 못하고 온 것에 대하여 두고두고 이야기하였다. 그렇게 당신은 막내딸과의 마지막 밥상을 물리고 대문 밖까지 나오셔서 마지막 인사를 하셨다. 당신만이 아는 마지막 인사. 나의 아이들을 지켜봤던 그 모습 그대로의 눈빛으로.

　　이렇게 나의 양육자 되어주셨던 분은 당신 막내딸과의 이 세상 인연의 대상관계를 정리하셨다. 당신만의 방법으로 아주 조용하게 정리하셨다. 당신의 자궁을 빌려 이 세상에 태어난 내가 당신을 나의 양육자로 내 가슴에 각인시켰듯이….
　　나의 양육자는 최고의 밥상을 차려내시고 가신단 한 마디 남기지 않고 그렇게 떠나가셨다.

　　"어머니, 제게 생명 주시고, 저의 부모님 되어주셔서 감사드립니다."

지란지교의 아침 밥상

어느 날 아침 아들이 급하게 날 깨우며 말하길, 영등포역까지 태워다 줄 수 있겠냐는 것이다. 알았다고 하였다. 시간이 촉박하다는 아들 말에 눈곱도 떼지 않고 수면 바지 위에 긴 털 코트만 걸쳤다. 양말도 신지 않은 채 앞, 뒤 터진 털 슬리퍼였지만 발이 시린지도 모른 채 차에 대기하고 있다 아들을 태워 역에서 내려주었다.

아들을 태워 데려다주고 집에 오니 딸이 출근할 준비를 다 한 채 기다리고 있었다. 직장 동료들과 술 한잔하는 바람에 차를 놓고 왔으니 출근을 시켜달라는 것이었다. 오빠 요청은 들어주고 자기 요청은 들어주지 않느냐는 말이 나올까 싶어 두말없이 알겠다고 하였다.

그나마 다행이었던 것은 오늘 오전 시간 여유가 있었다는 것이었다.

무엇 하나 달라질 것 없는 차림새로 현관문 앞에서 그대로 턴 하여 딸을 태워다 주었다. 가는 길에 절친이 운영하고 있는 상담 오피스텔이 보였다. 모닝커피나 한잔하고 갈까 싶어 전화하니 함께 마시자며 오라고 하였다. 빠져나오기 쉬운 곳에 주차하고 나의 꼴을 보자니 영락없이 나사가 빠진 모습 그 자체였다. 수면 바지와 헐렁한 나시 티 위에 털 코트로 상체를 감싸고 꾀죄죄한 모습으로 오피스텔 안으로 들어섰다. 경비실 아저씨에게 는 한 시간만 있다가 나올 것이라 말하였다.

들어가니 잘 왔다면서 자신은 아침을 먹어야 하니 떡국을 끓이겠다고 하였다. 떡국과 과일, 모닝 커피를 마신 후 나올 수 있었다. 한 시간만 있을 예정이었던 시간은 두 시간이나 지나 있었다.

나오는데 생각나는 시 구절이 있었다. 너무나 잘 아는 유안진의 「지란 지교를 꿈꾸며」

"저녁을 먹고 나면 허물없이 찾아가 차 한 잔을 마시고 싶다고 말할 수 있는 친구가 있었으면 좋겠다. 입은 옷을 갈아입지 않고 김치 냄새가 좀 나더라도 흉 보지 않을 친구가~
고무신을 끌고 찾아가도 좋을 친구, ~악의 없이 남의 얘기를 주고받고 나서 도 말이 날까 걱정되지 않는 친구가."

딱 그랬다. 지란지교의 아침 밥상과 함께 한 풍요로운 시간이었다.

아침에 일어나 씻지도 않고 찾아가 모닝커피 마시자고 말할 수 있는 친구. 외 출복이 아닌 잠자리에서 바로 나온 옷차림의 수면 바지와 그 위 상체를 감싼 털 코트를 입고 찾아가서도 흉이 될까 염려되지 않는 친구. 양말도 신지 않은 채 찾아가도 좋을 친구. 말이 날까 걱정되지 않는 친구.

깊은 위로가 있는 아침. 소소한 즐거움을 누리는 아침. 이 아침의 행복

을 나누며 감사한 마음으로 집에 돌아온 나는 출근 준비를 서둘러 할 수
있었다.

삼계탕 한 그릇의 밥상

나는 1남 1녀를 두었다. 이 아이들이 초등학교 3학년 2학기가 시작되면 하는 게 있었다. 다름 아닌 라면 끓이는 것과 계란 프라이 하는 방법을 알려주는 것이었다. 바쁘다는 핑계로 해줄 수 없으니 직접 해서 먹으라는 것이 나의 생각이었다. 그런데 종 종 주변 엄마들에게서 들어보면 불이 무섭기 때문에 자신들은 직접 해서 먹인다는 것이었다. 이런 소리 들을 때마다 '나에겐 나쁜 계모 기질이 있나?'라는 생각이 들곤 했었다. 그래도 어쩔 수 없는 현실이었기에 나는 가르쳤다. 일과 육아를 둘 다 책임지고 있는 워킹 맘이었으니…. 그 당시 남편들에게 육아나 가사에 그다지 도움받으며 살던 시대가 아니어서 더 더욱 그러하였는지도 모를 일이다.

그 아들이 취사병으로 보직을 받아 군 복무 잘하고 전역을 하였다. 그 뒤로 못하는 음식이 없었다. 엄마인 나도 엄두 내지 못하는 한식, 양식들도 곧잘 해서 내어 오곤 하였다. 그래서 함께 하는 동안 자주 먹을 수 있을 것으로 알았다. 그런데 아들도 바빠지고 가족들도 바빠지니 함께 할 수 있는 시간들이 점차 줄어들었다.

그러다 아들이 결혼식을 앞두던 마지막 여름. 가족들을 위하여 삼계탕을 끓여내겠다고 하였다. 자신이 결혼하여 이 집에서 떠나게 되면 언제 삼계탕을 끓여서 대접하겠냐는 것이었다. 그때에는 서로 바빠 밖에서 먹는 일이 집에서 요리하여 먹는 일보다 많지 않겠냐는 것이 부연설명이었다. 그리고 언제 초복, 중복, 말복을 따져가며 있겠냐는 것도 하나의 이유라 하였다. 맞는 말이었다. 같은 서울 하늘 아래 거처를 마련한 것도 아니었으니….

그렇게 해서 아들이 끓여 내온 삼계탕을 앞에 두고 있자니, 만감이 교차하였다. 쉽게 숟가락을 들어 떠먹을 수 없었다. 진한 국물 앞에 눈물이 쏟아질 것만 같았다. 안경에 김이 서린다는 이유로 안경을 닦는 척하며 눈물을 닦았다. 무더위 아들을 위하여 엄마인 내가 끓여줘야 할 삼계탕을 아들이 끓여 내온 것을 먹자니 이걸 뭐라 말을 해야 할지…. 역시 나에겐 나쁜 계모 기질이 있는 것이 맞나 보다.

그저 "잘 먹을게. 아들" 이 말밖에는 할 수 없었다.

그리고 다시 침묵 속으로 빠져들면서 최백호 가수의 시집가는 딸에게 바쳤던 <애비> 라는 노래 가사가 떠올랐다.

아장 아장 걸음마가 엊그제 같은데 어느새 자라 내 곁을 떠난다니 강처럼 흘러버린 그 세월들이 이 애비 가슴 속에 남아 있구나. 잘 살아야 한다. 행복해야 한다. 애비 소원은 그것뿐이다. 애비 부탁은 그것뿐이다.
-애비 가사 중에서

정말 그랬다.

아들아! 이 애미 부탁은, 소원은 말이다 이것뿐이다. "잘 살아야 한다. 행복해야 한다. 무슨 일이 있어도 꼭 행복해야 한다. 알겠지? 사랑한다. 우리 아들⋯."

Part 2

내 마음 마당 편

그리움은 ing 진행형

나는 여섯 살 무렵이었던 어린 시절 오빠와 함께 부모의 곁을 떠나 할머니와 ○○광역시 지원동이라는 곳에서 살았다.

그곳에서 만 4년을 살았고 국민학교(그 당시 초등학교의 명칭) 3학년 반 배정까지 받은 상태에서 부모님이 계시는 시골로 전학가게 되었다. 2학년 겨울 방학을 보내던 중에 가게 된 전학이었기에 친구들에게 안녕을 고하지도 못한 채 준비 없이 맞이하게 된 내 생애 첫 번째 긴 이별이었다.

나는 ○○광역시 모 국민학교에 1학년 1반으로 입학을 하였다. 다른 친구들은 부모 밑에서 다니는 학교생활이었지만, 나는 할머니 손에서 다니게 되었다. 처음으로 학교생활을 시작한 첫 담임 선생님은 아버지 연배의 남자 선생님이셨다. 마른 체형에 키가 크셨고 대머리에 항상 베레모를 착용하고 다니셨다.

숫기가 없고 말이 없던 나는 그저 누가 무엇이라 말하면 웃기만 한 아이였다. 나를 기억하는 친구들 역시 나에 대한 이미지를 떠 올릴 때면, "늘 웃으며 말이 없고, 듣기만 하는 친구"로 그들에게 기억되고 있었다.

복도 청소를 하는 어느 날이었다. 복도는 나무로 된 바닥재였으며, 우리는 초를 칠하고 걸레로 닦으며 신나게 미는데 열중하였다. 복도 끝에서부터 끝까지 두 팔로 걸레를 밀며 닦았다. 고개를 숙이고 열심히 복도를 닦아 내려가다가 어느 순간 고개를 들게 되었다. 그리고 마주한 것은 담임 선생님과 아버지가 나를 보시며 이야기를 하고 계신 장면이었다. 나는 쑥스러운 나머지 아버지에게 인사도 하지 못하고 그저 웃기만 하고 있었다.

아버지가 시골에서 언제 올라오셨는지? 언제부터 나를 보고 계셨는지? 그 어느 것 하나 아는 것이 없었다. 내가 아는 것은 아버지와 담임 선생님께서 청소하는 나를 물끄러미 바라보시면서 이야기를 나누고 계셨다는 것이었다. 그리고 두 분과 눈이 마주친 나는 부끄러운 나머지 고개를 푹 숙이고 열심히 닦는 데 열중하였다.

그래서인지 나의 마음 한 켠에는 늘 뭉게구름처럼 그리움 하나가 자리 잡고 있다.바로 국민학교에서 보냈던 코흘리게 학생으로서의 그리움과 운동장을 함께 뛰어놀았던 친구들을 향한 그리움.아버지가 청소하는 나를 지극히 바라보시며 미소 지으셨던 것처럼 친구들을 향한 그리움을 가슴 한 켠에 담아 마주하고 있다.

말없이 떠나 온 운동장. 안녕을 고하지 못한 채 떠나버린 그곳에 남겨진 나의 친구들….

마지막 포옹

50세는 하늘의 뜻을 안다는 의미로 지천명(知天命)이라 한다. 지천명에 들어선 어느 날 한 분과 진한 포옹을 하며 흘렸던 눈물이 기억이 났다. 기억과 함께 그분 가슴의 그리움을 알아차리게 되었지만 이미 때는 늦었음을 알았다. 그리고 나는 마음속 깊은 회한의 눈물을 흘리며 그분과의 가슴 따뜻한 추억을 그리움으로 찾아 나섰다.

시골에서 고등학교까지 마친 후 대학을 서울로 진학하게 되면서 상경하게 되었다. 시골집에서 서울까지는 직행버스에서 고속버스로 환승을 하며 꼬박 5시간 이상 걸리는 거리였다. 여학생 혼자 사는 것이 걱정되었던 부모님의 권유로 오빠 신혼집에서 함께 살게 되었다.

상경 후 반년이 지나고 처음 맞게 된 한가위 추석 명절 낯선 서울에 홀로 남게 되었다. 보름달 속에는 한들한들거리는 코스모스와 파랗게 싹이 나던 보리밭 사잇길이 그곳에 있었다. 검정 교복치마가 팔랑거리듯 나풀거리고 보라색 체육복으로 갈아입고 페달 밟던 자전거도 있었다. 그리고 할아버지가 계셨고, 부모님이 계셨으며 친구들이 있었다. 밤하늘을 수놓았던 별들과 황금빛 보름달은 그렇게 내 가슴에 내려와 함께 울어주었다.

세월은 그렇게 기억들과 추억들을 쌍으로 업은 채 나에게서 잊혀져갔다. 그러던 어느 날 갑자기 떠오르는 한 분이 계셨다.

6살이던 나의 머리를 손수 직접 감겨주셨던 분, 5학년 아이가 두발자전거 배운다며 타다 넘어질 때 뒤에서 균형을 잡아 주셨던 분. 나의 학창 시절 일거수일투족을 알고 싶어 하시던 분, 학력고사를 치른 직후 첫 미팅의 히스토리까지 알고 계신 분. 기나긴 겨울밤 민화투 치며 이겼다고 좋아하시던 분. 내 성적표를 받아들고 부모님 모르게 학부모 란에 확인 도장 찍어주셨던, 첫 미팅에서 만났던 친구가 내게 보내 준 편지를 가슴에 품고 손녀딸 오기만을 기다리고 계셨던 나의 할아버지.

서울 상경 후 처음으로 귀향해 할아버지를 뵌 순간 누가 먼저랄 것 없이 서로 껴안고 엉엉 울어버렸던 그 찰나의 순간. 사진의 한 컷으로 내 마음에 살아있었다는 걸 나는 쉰이 넘어서야 알아차릴 수 있었다. 그분의 심정이 어떠하였을지도 아주 깊게 공감할 수 있었다.

당신의 친구였고, 말벗이었던 손녀가 얼마나 그립고 보고 싶었을지 그 마음을 지천명이 넘어서야 헤아리게 되었다. 온전히 내 편이 되어주셨던 할아버지. 무슨 말을 해도 무조건 수용해주셨던 할아버지.

"보고 싶습니다. 당신이 무척이나 그립습니다."

가슴에 있는 말

　　나는 상담전문가이다. 하루에도 많은 분과 상담실에서 만나 아픔·상처·슬픔·외로움·우울·자살·외도·중독·트라우마·죽음 등 그들의 삶에 깊숙이 들어가 함께 하고 있다. 그렇다 보니 고뇌하면서 알아차림·통찰·깨달아진 것에 대하여 삶에서 실천하려고 한다. 특히 겸손을 미덕(美德)으로 여기며 생활하려고 무진장 노력하는 사람 중 한 사람이다.

　　상처 입은 자들과 함께하며 깨달은 것들은 내 가슴에서 불타오르고 있다. 지금 이 순간에도.

　　먼저, 우리에게 전해 내려져 오고 있는 속담들은 버릴 때가 하나도 없더라는 것이다. 이미 그런 속담을 만들어 낸 그분들이야말로 이름 석 자 남기지 않았지만, 심리학자들이라 말하고 싶다.

　　'심은 대로 거둔다.'라는 말이 있다. 좋은 것만 거둘 것이라 생각하는 분들이 의외로 많았다. 전혀 그렇지 않다는 것을 명심했으면 좋겠다. 좋은 것이든, 나쁜 것이든 내가 뿌린 것이라면 거둔다는 생각으로 좋은 것만 뿌리길 권한다. 내게서 나가는 모든 행동이, 내 입에서 나가는 모든 말들이 좋은 것들이길 바란다. 뿌린 것에 대한 거둬들임이 설령 내 대에서가 아니고 내 후손이 거둔다고 한다면 더더욱 그렇다. 요즘은 시대가 급속도로 변하다 보니 내 대에서 뿌리고 내 대에서 거둔다는 말이 나도는 세상에 우리는 살아가고 있다.

'개구리 올챙이 시절 모른다.'라는 말이 있다. 과거의 자신을 잊어버리고 현재 위치에서 자기 자신이 잘난 것으로 착각하는 분들 역시 많았다. 과거에 매이는 것은 바람직한 현상이 아니지만, 자신이 어떤 처지로 살아왔는지만은 잊지 않고 겸손했으면 좋겠다.

'낮말은 새가 듣고 밤말은 쥐가 듣는다.'라는 말이 있다. 상대가 없는 자리에서는 그 사람에 관하여 이야기하지 않길 바란다. 없는 자리에서 한 이야기가 그 사람의 귀에 들어가도 괜찮다면 해도 되리라 본다. 이처럼 우리는 언제 어디서나 말조심하며 살아가야 할 것이다. 그것은 곧 나를 지키는 일이기 때문이다.

이 외에도 참 많은 속담이 내 삶에 많은 통찰과 깨달음으로 이어졌다. '열 길 물속은 알아도 한 길 사람 속은 모른다.'라는 말이 있다. 그 한 길 사람 속 모르는 부분을 알 수 있는 일반적인 사람은 거의 없을 것이다. 그러니 함부로 타인을 안다고 말하지 않길 바란다. 긍정적인 부분만 보고 있었는데, 부정적인 면을 발견하게 될 때는 실망이란 단어로 관계를 끝내버릴 수도 있기 때문이다. 이렇듯 우리는 쉽게 타인을 알고 있다고 오판(誤判)하지 않기를 바란다. 그저 있는 그대로 한 사람을 바라봐 주길 바란다.

우리는 존재 자체로 소중하고 귀하기 때문이다.

마지막 순간

'써니'는 2011년 소녀들의 웃픈 이야기를 코믹 장르에 맞게 그려 낸 영화이다. 장례식장에서 여섯 명의 친구들이 추억함과 동시에 춤을 추면서 한 명의 친구를 떠나보내는 것이 영화의 마지막 장면이다. 많은 사람이 이 장면을 보면서 자신의 죽음에 대하여 생각해 보는 계기가 되지 않았을까 나름대로 생각하여 본다.

내게는 장례식장에서 사용할 나의 영정사진이 있다. '엥, 뭔 소리. 무슨 뚱딴지같은 소리야. 죽을 날 받아놨어?'라고 할 수도 있겠다. 죽을 날 받아놓은 사람은 아니지만, 나는 정해두었다. 죽은 후 묘비에 써넣을 글들도 미리 적어 남겨두는 사람들도 많은데 사진이라고 사전에 찜해 두지 말란 법은 없지 않겠는가.

보면 볼수록 마음에 들뿐더러 자연스럽고 행복해하는 모습이 내가 선택한 이유였다. 와인을 한 두어 잔 마신 터라 얼굴빛은 불그스레하고 눈은 반쯤 감긴 상태에서 입가엔 미소가 번진다. 거기에 와인 잔을 들고서 "나, 너무 좋아서 행복해."라고 말하는 것처럼 느껴진다.

결혼한 지 2년이 채 되기도 전에 시아버지께서는 췌장암 말기로 돌아가셨고 그때 임종은 지켜드릴 수 있었다. 시어머니의 임종은 지켜드리지 못하였고, 친정아버지와 친정어머니 두 분의 임종은 지켜드릴 수 있었다. 백세까지 산다는 세상에서 네 분은 허무하게 돌아가셨다. 자식들 손이라도 잡으면서 눈도 마주치고 '사랑했다' 말이라도 듣고 가셨다면 서운하지 않으련만 그런 길이 아니어서 한(恨)도 생겨났다. 삶의 마지막 순간을 어떻게 맞이하고 이별하는 것이 남은 자와 가는 자에 좋을지 생각하게 되었다.

가족들에겐 아직 나의 영정사진에 관하여 이야기하지 않았지만 인화 후 액자에 담아 와 할 생각이다. 두 명의 친구만이 사진을 전송받은 터라 알고 있을 뿐이다. 나중에라도 더 행복해하는 사진이 있다면 교체는 얼마든지 가능하다.

나의 장례식장에서는 와인 한 잔으로 목을 축이며 한 송이 국화꽃 대신 한 소절이라도 내가 즐겨 부르던 노래를 불러주고 춤이라도 추어주길 바란다. 희로애락(喜怒哀樂)의 감정을 파도 타며 한평생 살았는데, 가는 길목에서만큼은 행복해하는 모습으로 잔잔하게 생을 마감하고 싶다. 시인은 아니지만, 시어(詩語)처럼 간결하고 우아한 모습으로 이별(離別)해도 괜찮지 않을까 싶다.

나를 떠나보내는 마지막 순간만큼은 가장 행복하게 이별을 고하는 건배사로 "안녕"이라 말해주길 바란다.

Part 3

단상 편

내 자신

내 마음이 잔잔하다 해서
내가 차분한 사람이며,
내 마음이 파동 친다 해서
내가 거친 사람이 되는 것은 아니다.

내 기준에 나의 기대가 미치지 못한다 해서
내가 모자란 사람이 아닌 것처럼
타인의 기준에 내가 넘친다 해서
내가 잘난 사람이 되는 것은 아니다.

나란 사람은
못난 부분도 있고, 잘난 부분도 있는 그냥 나인 것이다.
이리 저리 자기들 입맛대로 간하지 말고 재단하지 말고
그저 있는 모습 그대로 그냥 그대로
바라봐 주길 바라는 마음 하나뿐이다.

이래도 나요, 저래도 나이니
내가 나를 싫어하여 외면하고 멀리하고 도망간다 하여도
결국 자신에게 잡히고 마는 것이 내 자신인 것이다.

그러하니
그저 자신을 만나 접촉하여주고
미리 잡혀주어 손잡고 짝 짝 꿍하며
오손도손 웃으며 자신과 잘 살아가면 되는 것이
바로 내 자신인 것이다.

들려지지 않는 말

젊은 남녀가 로맨틱 단계에 있을 때
두 사람이 인연이 아니라 뜯어말려도
그 말이 들려지지 않는다.

로맨틱 단계에 있을 때에는
둘이 함께라면
무엇이든지 다 헤쳐나갈 수 있을 것 같은
그 자신만만함 때문에
주변의 이야기가 들려지지 않는다.

세월이 흘러 관계가 어려워지면
그때에서야
주변의 이야기가 이해되면서
후회라는 것을 하게 되는 것이다.

내 품 안에 아이가 있을 때
품 안에 있을 때 자식이란
그 말이 들려지지 않는다.

이렇게 예쁘고

이렇게 사랑스러운데
앞으로도 계속 품 안에 자식일 때처럼
그 미덥지 않은 착각 때문에
주변의 이야기가 들려지지 않는다.

세월이 흘러 내 곁에서 떠나가면
그때에서야
주변의 이야기가 이해되면서
후회라는 것을 하게 되는 것이다.

부모 먼저 떠나보내 본 자식이
살아생전 효도하라는
그 말이 들려지지 않는다.

내 부모 살아 계시는 때에는
내 부모 내게 했던
내 입장에서만 보이는
내 생각 속에 빠져 살기 때문에
주변의 이야기가 들려지지 않는다.

세월이 흘러 그리워지면
그때에서야
주변의 이야기가 이해되면서
후회라는 것을 하게 되는 것이다.

그들에게 들려지지 않을 때
아무리 이야기하여 보아도
경험하지 않으면 이해되지 않은 세상은
때가 되면 다 이해가 되는 것이니
그것도 다 때가 있다는 것이다.

들려지지 않았던 그 말이
들려지는 그때가….

결국,
우리는 그 "때"를 기다리며 살아가는 사람들이다.
들려지지 않았던 그 말이 들려지기 시작하는 그 "때"를….

기대

상대에게 기대를 한다는 건
상대에게 마음이 있다는 것이다.
상대에게 좋은 감정이 있다는 것이다.

상대에게 기대를 한다는 건
상대가 기대하는 마음을 갖도록 관계를 형성하였다는 것이며,
그 관계 형성 과정 동안 경험을 통하여 기대하게 되었다는 것이다.

상대에게 기대를 한다는 것은
그래서
서로 상호작용의 결과로 만들어졌다는 것이다.

실망

누군가 실망했다 말한다면
당장 기분 나빠 할 것은 아니다.

한 발 뒤로 물러나 생각해 보라.

실망했다 말하기 전에
그것은 곧
기대했었다는 말이고
그 말은 곧
좋은 감정을 가지고 있었다는 말이다.

무엇이 상대에게 실망을 주었는지
자신을 들여다보면
한결 가벼워질 것이다.

실망이란 것도
결국 마음이고 사랑인 것이다.

마음이 없다면 실망도 없을 것이기 때문이다.

싫음도 통합해 내야 하는 나이

모든 사람이 관계에서 가장 중요하게 여기는 것이 바로 신뢰&신의가 아닐까 나름 생각을 하고 살아왔다. 이 신뢰와 신의를 나의 목숨 지키듯 지키면서 "나는 살아왔노라." 자신 있게 말할 수도 있다. 나는 그만큼 참으로 중요한 덕목 중 하나라는 생각에 무던히도 이 부분 노력하였다.

내게는 나와 같은 동행의 길을 걷고 있는 동성 선배가 있었다. 물론 그 당시 알게 된 지 얼마 되지 않은 짧은 만남이었지만, 친한 동료의 소개로 반갑게 인사 나눈 터라 좋은 인연이라 여겼다.

그러던 어느 날 한 통의 전화를 아주 가까이 지내는 동료 선배에게서 받을 수 있었다. 이야기인즉 그 동성 선배가 나를 험담하더라는 것이었다. 그러니 가까이하지 않았으면 좋겠다는 말을 하여주었다.

거리를 두고 지내게 된 지 몇 개월이 흘렀을까? 어느 날 느닷없이 그분에게서 카카오톡으로 문자가 왔다. "추운 날씨 건강하라."는 짧막하면서도 단조로운 메시지였다. 나 역시 "감사하다."는 짧은 답 문자와 함께 "건강하라."는 답변을 보내면서 그분의 심상치 않은 저의가 느껴졌다. 아니나 다를까 그 문자를 받고 난 지 며칠 지나지 않는데 가타부타 말도 없이 당신

아들의 결혼을 알리는 모바일 청첩장 하나가 제트기를 타고 카카오톡으로 날아왔다.

참으로 씁쓸한 것은 두말할 필요가 없었다.

이 모든 과정을 알고 있는 소개시켜 주었던 동료에게 전화하였다. 씁쓸한 이 감정에 대하여. 그리고 나이답지 못하게 처신하고 있는 그 사람에 대하여 실컷 욕이라도 해주길 바라는 마음도 내게는 있었다. 하지만 그 어떤 욕도 나대신 실컷 해주지 않았다. 다만, 내게 전달되는 메시지가 있었다.

"나이가 50이 넘었으니 싫음도 통합해 내야 하지 않을까? 그럴 능력이 네게는 있잖아. 네 마음이 많이 상한 것은 알아. 그래서 정서적으로 싫어하는 마음이 드는 것도 알겠어. 그런데 우리가 큰 공동체 안에 있으니 네가 끌어안고 가야하지 않을까?"라는 메시지였다.

가슴 속에 울려 퍼지는 생각이 저 말끝에 머물자, 결혼식 일정을 확인한 후 모바일 청첩장을 덮었다.

"싫음도 통합해 내야 하는 나이…."
하늘이 낯설게 느껴졌다.
"싫음도 통합해 내야 하는 나이" 앞에서.

상처

비에 젖고 강물에 젖어도
눈물 젖은 것에 비할 수 없고

돌부리에 넘어져
여기저기 생채기 난다 해도
마음 찢기고 쓰라린 것에 비할 수 없고

사람이 마음에 들어왔다 나가거늘
그 가슴이 미어지지 않는다는 것은 어불성설이고

그 사람이 머물 다 간 자리
미련과 후회로 얼룩지는 것도 이치(理致)의 길이니

그래서들
시간이 약이라 하는지도.

잃어버린 자아

양육자의 태중 안에 머물다
자궁 밖으로 머리 쭉 내밀며
두 주목 불끈 움켜쥔 손 안에
꼭 쥐고 나왔던 온전했던 자아여.

양육자가 차려 놓은 사회화 여정에
발달 단계 맞추어 한 발 한 발 내디디며
움켜쥔 손 펼치며 살기 위하여
하나하나 버려야 했던 온전했던 자아여.

타자에 사랑받고파 버리고
관계에 필요 없을 것 같아 버리고
세상에 적응하려 버리다 보니
이제는
자신에게서조차 익숙하지 않아
외면받은 자아여.

생애 주기 앞에 펼쳐진 발달 단계를
겁 없이 터벅터벅 걸어가며
버리고, 부인하여 잃어버렸던 자아여.

믿었던 타자에게
마음 주며 상처받고
상처 주며 마음 받았던 잃어버린 자아여.

세찬 울음으로 존재를 알렸건만
반쪽 찾아 떠도는 것이 인생임을
헤지고 쓰러진 멍든 마음 안고서야 알았네.

결국
인생이란
온전함을 회복하기 위한 몸부림
나를 찾아 떠나는 여행이었음을 깨닫게 되는 순간
또 다른 세상으로 가기 위한 안녕을 고하고 있음이라.

나의
잃어버린 자아여….
내가
잃어버렸던 자아여….

친구야

친구야!

거짓말하지 마라.
나이 탓이라고도 하지 마라.

거짓말할 것 같으면 하지 마.
나이 탓이라 할 것 같으면 하지 마.

하지 않아도
그냥 있어도 괜찮아.
너니까 괜찮아.
너라서 괜찮아.

넌 친구잖니. 친구!

말하지 않아도
옆에 있어만 주어도 되는 친구.

친구란
존재 자체만으로도 빛나는 친구.

넌 그런 친구.

Part 4

상담 편

MZ 세대를 말하다

어느 날 심각한 얼굴로 한 엄마가 상담실을 찾아왔다.

그 엄마에게는 고등학생 아들이 있는데 친구들과 어울리지 못한다는 것이었다. 아들과 같은 또래 학생들을 보면 일상생활에서 '욕'을 사용하면서 자기들끼리 친밀감과 동질감을 느끼는 것 같다고 하였다. 그래서 자신도 학생들 사이에서의 욕은 욕이 아니고 자기들 세상에서의 은어이며 일상생활의 용어라는 것으로 이해하고 있다 하였다. 그런데 당신의 아들은 이 일상생활의 욕을 하지 못한다는 것이었다. 이렇게 달라진 세상을 우리는 마주하고 있다. 욕을 하지 못한 아들을 두었다고 상담실에 찾아와 "어떻게 하면 되느냐?"고 묻는 엄마를 우리는 상상이나 해보았는가?

이처럼 요즘 사춘기 아이들의 문화에서는 "욕"이 "욕"으로서 기능을 하는 게 아니라 일부 의사소통을 위한 하나의 수단처럼 사용 되어지고 있다. "욕"을 하지 못하기 때문에 그들만의 문화에 편승하지 못하고 있으니 이 또한 엄마에게는 크나큰 고민거리가 되는 것이다.

이처럼 우리는 한 세대를 이해하기 위해서는 그 시대의 문화와 사회를 읽어야 한다.

지금으로부터 몇 년 전부터 직장인들 (회사원, 공무원, 교수, 사장 등)은 관계에서 오는 스트레스로 인한 피로감에 상담에 오는 경우가 많아졌다. 자신의 정신 건강을 위하여 자발적으로 찾는 경우도 있지만, 직장 내 상담 프로그램을 알게 되어 찾아오는 경우도 많다.

이들의 호소 대상은 두 부류로 나뉜다. 기성세대들은 MZ 세대들과의 사고가 맞지 않아 관계가 어렵고, MZ 세대들은 나이 많은 윗사람이 꼰대여서 함께 일하는 것이 피곤하다는 것이었다. 결국은 상대 때문에 모두 힘들다는 것이다. 그런데 어찌하랴! 힘들 수밖에 없다는 표현이 가장 적절한 말인 것 같으니 말이다.

우리 기성세대들이 자라났을 때와 지금의 이 MZ 세대들이 자라난 시대적 배경인 가정·문화·사회·경제·교육·조직 등 모든 환경이 우리 때와 다르다. 그러니 부딪힐 수밖에 없는 것은 당연한 것이며, 힘든 것은 두말할 필요가 없다는 것이다.

기성세대들은 위계질서가 확실한 교육을 받아서 부모의 말에 순응하는 것을 미덕으로 삼아왔다. 행여 부모의 말을 거역이라도 할라치면 괜한 죄책감이라는 것을 느껴야만 했다. 그 죄책감은 차후 거역 대신 순응하게 만들었다. 또한, 자기감정이나 의견을 자유롭게 표현하지 못하였을 뿐 아니라 표현하였다 하여도 수용 받지 못하였다. 조금이라도 감정이나 의견을 표현하게 되면 곧바로 부모의 제재가 따라왔다. 이런 가정과 사회 환경에 의하여 자기감정과 의사 표현에 대한 억압과 억제를 받으며 자라났다. 그리고 기성세대들은 합동·협력·품앗이·나누는 것에 대하여 교육을 받았다. 있으면 있는 사람이 더 쓰자는 주의였다. 그렇다 보니 비용을 명 수 대로 똑같이 나누어 부담하는 것은 "정(情)"이 없음으로 간주하였다. 혼밥, 혼술에 익숙하지 않았던 것도 다 이런 환경적 요인에 기인한 것이다.

조직 사회에서는 어떠하였는가? 기성세대들은 그 조직 문화에 스며들어야만 했다. 조직 문화에서 파생된 것 중 하나가 빠질 수 없는 회식 문화라는 것도 마찬가지로 해석될 수 있을 것 같다. 몇 차가 되었던 윗사람이 자리를 뜨지 않으면 아랫사람 역시 그 자리를 지키고 있어야만 했다. 그렇지 않으면 조직 사회에서 살아남기 어렵다고들 여겼다. 이런 문화와 사회 환경에 익숙한 기성세대들이기에 지금의 MZ 세대들을 바라보는 시선이 고울 리가 없는 것은 당연한 것 아니겠는가.

그렇다면 반대로 MZ 세대들은 기성세대와 다른 어떤 시대적 배경을 가지고 있는지 알아볼 필요가 있다. 왜냐하면 그들을 이해하기 위해서이다. 80년대 초부터 2000년대 초까지 태어난 사람들을 밀레니엄세대와 제트세대의 합성어로 MZ 세대라 한다. 이들이 경험한 가정·문화·사회·경제·교육·조직 등 환경은 어떠한가? 먼저, 이 MZ 세대들은 자기의 집에선 모두가 다 왕자와 공주 신분으로 출발하였다. 감정이나 의사 표현은 정확하고 똑 부러지기에 원하는 것은 확실하게 얻어내는 기술자들이다. 그래서 이 MZ 세대들은 생각하는 거·노는 거·공부하는 거·소통하는 거·일하는 거 모두가 기성세대들과는 확연히 다르다.

이들은 어렸을 때부터 인터넷과 모바일을 사용하며 정보에 능통한 세대이다. 민주화 의식과 개인주의에 강한 특성을 보이며 정의·인권·불공정·불평등과 같은 차별에 예민하고 권위주의와 상명하복, 갑질 같은 행위에는 강한 방어와 저항을 한다. 그래서 이 MZ 세대들의 의식과 태도는 기성세대들과 달라도 너무나 다르다.

간섭·통제·강요에 거침없이 자신의 의견을 제시하고 외면한다. 반대로 자신이 선호하거나 관철시키고자 하는 영역에서는 많은 열정을 쏟아붓는 것도 이들의 특징이다. 또한, 이들은 참는 것과 귀찮으즘에 취약하고 자유분방하고 자기만의 개성을 추구하며 주도면밀하다.

관계에서는 어떠한가? 호불호가 분명하고 정확하게 배분하며 자기들이 생각하는 공정과 상식에 합당해야 한다. 이렇게 기성세대들과 MZ 세대들이 여러 측면에서 다르다 보니 깜짝 놀라는 것은 기성세대들이다. 놀란 가슴 쓸어내리려고 MZ 세대들을 회유와 설득, 강요하려고 하니 이들이 기성세대들에게 붙여 준 이름이 꼰대가 되어버렸다. 세상은 변했는데 기성세대들은 자기 세대들을 흡수하는 것처럼 보이지 않으니 그들 입장에서는 꼰대인 것이다. 영어 사전에도 한글 단어인 꼰대가 'GGONDAE'라 올라와 있다. 이것이 이 MZ 세대들이 가지고 있는 능력이고 힘이다.

우리 기성세대들은 모 가수의 노래 제목인 "보릿고개" 넘었던 분들을 부모로 가졌으며, 우리 자녀 MZ 세대들을 치열한 경쟁 속으로 내몰았다. 치열한 경쟁 속에서 일인자로 살아남으려면 옆을 볼 수 없는 것은 당연한 이치 아니겠는가. 얼마 전 세계적으로 화제가 되었던 "오징어 게임"을 봐도 알 수 있는 대목이다. 결국 456억 원을 벌기 위하여 인연들을 다 쳐내는 모습을 우리는 드라마 상에서도 보았다.

그래서 우리 기성세대들은 그들을 바라보는 시선이 변해야 하며, 그들을 있는 그대로 바라볼 필요가 있다. 기성세대들보다 더 뛰어난 역량을 발휘하고 있는 부분들 역시 인정해 주어야 한다. 오랜 관습에 젖어 관습대로 행하라하기에는 그들은 개성이 너무나 강하고 효율을 따지며 공정과 그에 따른 보상에 민감하다. 시대는 빠르게 변화하고 있고 그 시대에 맞게 우리는 적응하여야 한다. 그들을 통하여 배울 수 있는 부분은 배워 사회의 흐름을 따라가야 한다. 그들은 우리가 견제해야 할 대상이 아니고, 서로 윈-윈하는 관계 속으로 들어가야 한다. MZ 세대들은 기성세대들의 경제성장을 주도하고 발전시킨 업적에 대하여 인정하여야 한다. 기성세대들의 인내와 부모로서 충실히 해 낸 역할에 대하여 긍정적인 메시지를 보내야 한다.

그래서 양쪽 모두 다 시대가 요구하는 환경에 맞게 모든 영역에서 새롭게 디자인하여야 한다. 이렇게 될 때에 비로소 기성세대들과 MZ 세대들은 상호보완적인 관계로서 우리의 미래가 밝아진다는 것을 믿어 의심치 않는다.

가족치료에서의 모신(母神)인 엄마

사티어의 『사람 만들기』란 도서는 가족 치료학에서는 널리 알려진 책이다. 미국에서는 일반인들에게도 오랫동안 베스트셀러였다. 이 책에 의하면 "가정은 사람을 만드는 공장이며, 사람다운 사람을 만들어내거나 또는 사람답지 못한 사람을 만들어내는 것은 양육자의 가정공학 기술에 달려 있다."고 말을 하고 있다. 사티어의 말을 인용하지 않더라도 가정은 사람을 만들어내는 공장이라는 사실을 모르는 사람은 아무도 없을 것이다. 일반적으로 이 의미는 인간의 육체를 만들어내는 곳이라는 뜻이지만, 사실은 인간의 품성까지도 만들어내는 곳이 가정이라는 것이다.

만일 가정에서 사람 만드는 역할을 제외해 버린다면 가정의 의미는 매우 미미해질 것이다. 가정이 존재하는 이유와 중시되는 까닭이 바로 "사람 만들기"에 있기 때문이다. 육묘장에서 자라는 나무들이 천차만별인 것처럼 가정에서 자라는 사람도 천차만별이다. 이것을 운명이라고 하는 사람도 있다. 육묘장에서 자라는 같은 종류의 나무들이라도 육림가의 손길에 따라서 어떤 나무는 귀한 정원수가 되기도 하고 또 어떤 나무는 무가치한 잡목이 되기도 한다. 이처럼 사람은 양육자에 의해서 만들어지는 것이며 대부분의 양육자는 어머니이기 때문에 어머니에 의하여 만들어진다고 할 수 있다. 나무가 육림가의 손길에 따라 그 운명이 결정되는 것처럼 사람도 양육자의 손길에 따라 그 운명이 결정된다고 할 수 있다. 그러하기에 사람이 만들어지는 과정에서 가장 중요한 시기는 최초로 인성이 계발되는 단계라고 할 수 있는 출생 후 1년간이다. 건강한 인성의 초석이라 할 수 있는 신뢰감과 희망 그리고 애정 즉, 믿음·소망·사랑이 이때 형성되기 때문이다.

독일 출신의 미국 심리학자인 에릭슨에 의하면 이 발달단계에서 기본 신뢰감을 얻을 수도 있으며 그 반대로 불신감에 빠질 수도 있다고 말하였다. 이는 곧, 아이가 신뢰감을 형성할 수 있는 바탕에는 그가 "엄마"로부터 받는 양육의 질에 달려 있다는 것이다. 어머니의 따뜻한 눈길과 손길을 통해 신뢰감이 유아에게 형성되는 것이다. 만약 아이가 엄마를 믿을 수 있게 되면 비록 욕구가 생긴 즉시 엄마가 보살펴주지 않아도 보채지 않고 기다릴 줄 안다. 그는 적당한 시간에 의해서 보살펴 주리라는 것을 알고 있기 때문이다. 그러나 반대로 양육자의 모호성이 아기에게 내면화되면 신뢰 대신 불신감이 자리 잡게 된다. 에릭슨은 신뢰감에서 얻어지는 개인적인 능력을 희망이라고 말하였다. 따뜻한 어머니의 양육을 받는 유아에게 신뢰감과 희망이 생긴다는 뜻이다. 이렇게 한 개인의 장래를 결정하는 신(神)적인 역할이 양육자로서의 어머니에게 있기에 가족치료학에서는 어머니를 모신(母神)이라고 한다. 사실 엄마, 어머니는 갓난아이의 입장에서 보면 어머니 이상의 존재로서 아이의 온 세상이며 온 우주이다.

한 생명이 잉태되어 출생하게 되면 이 아이는 세 가지의 대상관계 과정을 통하여 독특한 개인으로 성장한다. 이를 '개별화의 원리'라고 한다. 이 세 가지 대상관계는 학교에 가기 전까지는 어머니가 양육자에 해당 된다. 각 발달 단계의 과정에서 가장 강한 영향력을 행사하는 위대한 관계인 것이다. 다행히도 이 양육자가 따뜻한 어머니로서 따뜻한 양육을 받았다면 건강한 자아상을 지닌 어린이로 자라게 된다. 그 이후의 다른 대상과의 관계에서도 잘 적응하면서 자아실현의 사람이 된다.

생각해보자. 갓 태어난 어린아이에게 어머니는 어머니가 아니다. 어머니는 '내가 너의 엄마다'라고 하겠으나, 아이에겐 어머니는 온 세상이며 온 우주인 것이다. 가히 신(神)적인 존재이며 모신(母神)이라 할 만한 절대적인 힘을 발휘한다. 이런 절대적으로 지배자인 제1의 대상 관계였던 양육자로부터 차가운 대접을 받아 병든 자아상을 지니게 된 아이는 그 다음 발달 단계에서 제2의 대상을 잘 만나지 않을 경우 긍정적인 자아상으로 변화하기가 쉽지 않다. 이렇게 중요한 발달 단계에서 모성상실을 경험하게 되면 분열된 대상 표상을 갖게 된다.

이렇듯 아이에게 중요한 양육 과정에서 '결정적 시기'를 놓치게 되면 평생을 공허하게 살아가야 하는 중요한 시기가 바로 <모태에서부터 생후 60개월까지>이다. 이때 아이는 이십사 시간 삼백육십오일 거의 양육자와 함께 보낸다. 따라서 사람의 인성과 정신 수준은 양육자에 의해 생후 육십 개월에 거의 생성된다고 하겠다. 그리고 이 인성과 정신 수준이 한 사람의 도덕과 윤리의 평생 틀이 된다고 한다면 어떻게 양육을 하여야 하는지 더 이상 설명이 필요 없을 것이다.

그렇기 때문에 부모가 된다는 것은, 아빠가 된다는 것은, 엄마가 된다는 것은, 하룻밤 술기운에 치러지는 사랑에 의해서 만들어져서는 안 된다는 것이다. 부모 될 준비 없이 자녀 가질 마음의 자세 없이 부모가 되어서는 더

더욱 안 된다는 것이다. 거창하게 의식을 행하듯이 사랑을 나눌 필요는 없겠으나 적어도 마음의 준비만은 갖고 나서 부모가 되었으면 하는 바람이다. 왜냐하면, '사람의 정서는 어린 시절의 성장 환경과 그때 경험한 가제들과 깊은 관계'가 있기 때문이다.

"세 살 버릇 여든까지 간다."는 말이 무슨 말이겠는가? 깊이 있게 생각해 보길 바란다.

간절함

이 세상에서 가장 무거운 것이 무엇일까? 넌센스 퀴즈의 정답은 '눈꺼풀'이다. 이 눈꺼풀이 무겁다는 것은 넌센스 퀴즈의 정답일 뿐 아니라 오래전부터 전해 내려져 오는 우리 선조들의 경험의 지혜에서 흘러나온 말이기도 하다. 그만큼 이 세상에서 가장 무거운 것이 눈꺼풀인 것처럼, 그 어떠한 상황에서도 이길 수 있고, 이겨낼 수 있는 것이 있다면 그것은 바로 이 간절함이지 않을까 싶다. 이 간절함 앞에서는 그 어떠한 것도 이겨낼 수 없으니 절실한 간절함이 있다면 이 세상 무서울 것이 없어 보인다.

어느 날 40대 초반의 남성이 상담실을 찾아왔다. 아내를 만나 연애하고 결혼하여 생활한 지 18년이 되었고 둘 사이에 자녀는 없다고 하였다. 아내와 사는 동안 "내 안에 내가 여러 개가 있는 느낌"으로 살아왔다고 말하였다. 그러던 어느 날 아내가 폭탄선언을 하였다. "너는 너의 엄마랑 똑같이 닮아서 소름 끼친다. 두 번 다시 보고 싶지 않으니 이혼하자."라고. 이 남성은 이혼하게 되면 자신의 인생도 끝날 것이라는 생각에 이혼만큼은 하지 않으려고 필사적으로 아내에게 매달렸지만 결국 이혼이라는 현실 앞에 무릎을 꿇고 말았다고 한다.

그러던 어느 날 이 남성은 아내와 이혼하기 전 아내가 자신에게 그토록 변화되길 바라던 그 부분을 변해야겠다고 생각을 하였다 한다. 그래서 상담실에 찾아왔고 아내와 재결합하기 위한 그 간절함 하나로 상담에 임하겠노라고 각오를 말하였다. 이 남성에게는 간절함 그 마음 하나밖엔 없어 보였다. "어떻게든지 변화하여 다시 관계를 원상 복귀시켜 보리라!"는 각오 어린 간절함 그 간절함이 절실해 보였다.

그로부터 이 남성은 단 한 주도 빠지지 않고 과제를 내주어도 성실히 수행하며 상담에 임하였다. 그러하기를 4개월…. 그 4개월 과정 동안 이 남성은 아내와 주기적으로 만나왔다고 하였다. 법원에서 이혼 서류에 서로 각자 도장은 찍었으나 재결합이란 가능성도 열어두었기 때문에 따로 살면서도 주기적인 만남은 유지하여 왔다고 하였다. 이 남성에게는 이혼은 하였으나, 다시 재결합이라는 봉합책이 있었기에 아내와 다시 가정을 꾸리겠다는 그 간절함만이 있었다. 그리고 상담을 시작한 지 4개월 만에 주변 사람들에게 변했다는 피드백을 듣기 시작하였다.

아내에게서는 연애 기간 포함하여 18년 동안 한 번도 이렇게 변화된 적이 없었는데 "신기하다."는 피드백을 듣게 되었다. 직장 동료에게는 "함께 일하기 너무 수월 해졌다."는 말을 들었다.

아내와 외식을 하거나 여행을 가게 되면 심리적인 긴장도가 심하여 화장실에서 보내는 시간이 많았다고 하였다. 아내는 화장실 밖에서 언제 나올지 모르는 남편을 기다렸기에 굉장한 스트레스였다고 하였다. 그래서 아내와의 갈등 요소 중 하나가 바로 이 화장실 문제였는데 더 이상 문제가 되지 않았다. 화장실을 가지 않고도 생리적인 불편함의 현상이 일어나지 않았기 때문이다.

　이뿐만이 아니었다. 스트레스받는 날이면 눈가가 미세하게 떨리면서 편두통이 심했는데 상담받는 과정 중에 서서히 사라졌고 지금은 편두통 자체가 없어졌다고 하였다. 자기 자신밖에 모르고 타인에 대한 배려나 이해도가 낮아 이 부분 역시 아내와의 갈등에서 빼놓을 수 없는 주제 중 하나였다. 그런데 이 부분에서도 타인에 대한 배려와 이해도가 향상되어 주변인들에 대한 관심이 생겨났고 거기에 따른 도움까지 자발적으로 주게 되었다. 그렇다 보니 사고의 폭이 넓어졌다.

　양가 가족들과의 시간 보내는 문제도 심기 불편함 가득 안고 억지로 참여하였다면 지금은 먼저 나들이를 계획하여 주도적으로 이끌어 나갈 수 있게 되었다. 아내와 대화를 나눌 때면 "벽 보고 이야기 하고 있는 것 같아 대화하기 싫어."라고 하였는데 지금은 상호작용이 되다 보니 소통하고 있다는 느낌이 든다 하였다. 아내가 예고 없이 늦었을 때 화를 내거나 짜증을 내었는데 지금은 조급해하지 않고 기다릴 수 있는 심리적 여유가 생겼다고도 하였다.

　함께 일하는 동료 또한 아내에게서 들었던 그런 피드백들을 말해주었다. 타인에 대한 불신이 많아 타인과의 관계가 부담스러워 그런 자리를 피하였는데 불신이 해소가 되어 신뢰가 형성되었다. 업무를 할 때 항상 FM으로 따져서 주변 동료들이 힘들어하였는데 사고의 유연성이 생겨나고 발휘를 하게 되어 인간관계가 부드러워졌다.

　이러한 변화 속에서 예전의 자신으로 되돌아가지 않도록 훈습의 시간을 더 많이 가졌다.

그리고 예전 자신의 그런 모습이 지금 생각해 보면 못나 보인다고 하였다. 그러면서 자신이 생각해도 상대의 말이 자신에게 들려지고 공감할 수 있게 된 것이 신기하다고도 하였다.

이 남성에게 이런 크나큰 변화를 일으키게 한 동력이 있었다면 무엇이었을까? 에 대한 해답으로 나는 서슴없이 "간절함"이라고 단언할 수 있다. 이 남성이 처음 상담실에 왔을 때 "꼭 변화하고 말리라! 그래서 다시 아내와 재결합하리라!"라는 간절함을 나는 그의 눈빛에서 보았고 읽었고 알아들었다.

그 절박한 간절함 앞에서 이 남성은 자신의 관계에서 오는 여러 가지 어려움들을 하나하나 탐색하고 통찰해 가면서 변화를 이끌어 내었다. 그리고 훈습의 시간을 거쳐 지금은 변화된 자신의 모습으로 살아가고 있다.

간절함.
어느 누구도 이 간절함을 이겨 낼 수 없다. 이 간절함을 가지고 있는 한 간절함 속에 담겨 있는 꿈은 꼭 이루어진다는 것을 나는 믿어 의심치 않는다.

간절함.
그 숭고한 깊고 깊은 꿈을 오늘도 나는 상담 장면에서 꾼다. 간절함을 가득 안고서.

마음의 문이 열리면, 감각의 문도 열린다

아내는 배우자인 남편이 자신과 대화하려 하지 않고 피하며 그 어떠한 것도 공유하려 하지 않아 힘들다고 하였다. 이 문제는 지금으로부터 약 4년 전부터 부부관계에서 불거져 나왔고 남편은 자신에게 문제가 있을 거라 전혀 생각하지 못하였다.

이때부터 이혼 이야기가 서서히 나오기 시작하였다. 더 이상 못 살겠다는 말이 아내에게서 나왔을 때, 남편은 발등에 불이 떨어진 것을 알고 검색을 통하여 상담센터에 찾아올 수 있었다고 하였다.

남편인 철수(가명)씨는 처음 상담에 임할 때 자신이 '바뀔 수 있을까?'라는 생각으로 가득하였지만 아내에게 '이혼하자'라는 말을 왜 들어야 하는지? 자신에게 문제가 문제인지? 자신이 모르는 자신만의 무슨 문제가 있는지? '문제가 있다.'라고 한다면 자신은 꼭 고치고 싶다는 마음만은 있었다고 하였다.

철수씨는 상담을 받는 과정에 법원에 협의이혼 서류를 접수하였고, 무자녀였기에 한 달간의 숙려기간에 있었다. 철수씨는 처음 상담의 효과에 반신반의하였고, 상담에 집중할 수 없었으며 잡생각으로만 가득 찬 시간이었다고 회상하였다. 우울하였고 부정적 감정에 휩싸였으며 혼자 잘 살 수 있을까? 염려와 걱정, 외롭고 혼자 갇혀 있는 느낌이라 하였다. 별거 또한 당연한 수순처럼 각자도생하기에 이르렀다.

숙려기간 동안 남편이 상담을 통하여 변화하려 노력하는 모습을 본 아내 영희(가명)씨는 이혼하여도 친구처럼 가끔은 만나 지내기로 하였다. 아내 역시 남편을 당장 내칠 수 없었던 이유는 친정 부모님이 막내 사위인 철수씨를 좋아하였기 때문이었다. 그러던 중 아내를 만나고 온 다음 날 남편 철수씨는 상담에 임하였는데, "요즘은 주 1회 아내를 만나 데이트하는데 아내 만나는 날이 기다려지고, 아내와의 대화가 즐거워 시간 가는 줄 모릅니다."라면서 "아내 말이 제가 변했다고 합니다."라고 알려주었다. "철수씨의 어떠한 점들이 변했다고 하나요?"라고 묻지 않을 수 없었다. 아내가 말하는 남편 철수씨의 변화는 이러하였다.

첫 번째는 결혼 생활 20년 동안 남편은 아내인 자신과 눈을 바라보고, 마주 보면서 대화한 적이 한 번도 없었다고 하였다. 그런데 아이컨텍 하면서 대화가 가능해졌다고 한다.

두 번째는 아내의 그 어떠한 작은 변화에도 관심을 보여 준 적이 없었다고 한다. 그러다 이번에 만났을 때 아내의 얼굴에 살색 밴드가 붙어 있는 것을 보고 "얼굴에 무엇이냐?"고 아는 체를 하였던 모양이다. 아내는 남편이 자신에게 물어 준 그 한마디가 관심받고 사랑받는 느낌이 들어 남편의 그런 작은 변화가 놀라울 따름이었단다.

세 번째는 철수씨의 자기표현이 가능해져서 그것을 아내인 자신과 나누고 공유를 한다는 것이었다.

네 번째는 스킨십 역시 자연스러워졌다고 한다. 그렇다 보니 아내 역시 주 1회 남편 철수씨와 만나는 날이 기다려진다고 하였단다.

이런 소소하면서도 작은 변화는 직장에서도 일어났다. 자신과 직접적인 관련이 없으면 외면하였던 일들을 업무에 어려워하는 동료나 후배들을 보면 이제는 스스럼없이 먼저 다가가 도와주고 있다 하였다.

그렇다.
진정 내가 누구인지? 그래서 나의 잃어버린 자아가 무엇인지? 그로 인하여 온전성을 회복하게 될 때 내 안에서 작은 변화가 일어나는 것이며 치유를 경험하게 되는 것이다. 내 자신을 이해하고 수용하며 있는 그대로 받아들여지는 경험을 통하여 그동안 가로막혀있던 마음의 벽이 허물어지는 것이다. 마음의 벽이 허물어지면서 마음의 문이 열리게 되니 감각의 문도 자연스럽게 열리게 되는 것이다.

그래서 함께 사는 동안 보이지 않았던 배우자의 작은 변화도 눈에 들어오는 것이며(시각), 타인의 소리도 귀에 들리게 되고(청각), 배우자와의 작은 스킨십(촉각)도 되살아나는 것이다. 이로써, 배우자와 눈을 바라보고 마주 보면서 대화가 자연스럽게 이어지는 것(심리적 연결)을 경험하게 되는 것이다.

이러한 긍정적인 경험들이 쌓이게 되면 관계에서 마음의 문이 열리고 감각의 문도 열린다는 사실! 무엇이 먼저인지 조급해하지 말고 하나하나 차근차근 풀어나갈 때 이렇게 감각까지도 열린다는 사실을 믿어야 할 것이다.

부부관계의 비밀

협의이혼을 신청하고 숙려기간 중 상담을 신청한 부부가 있었다. 아내는 남편에게 크나큰 배신감과 수치심을 느꼈기 때문에 이혼하는 것이라 하였다. 이제는 더 이상 함께 살 수 없다면서 아내가 남편에게 협의이혼을 요구하였고 그것이 받아들여졌다. 아내는 아이들이 성인이 되면 아빠 엄마가 왜 이혼하였는지 당당하게 이야기하여 줄 것이라 하였다. 그때 "그래도 엄마는 이혼하지 않으려 노력하였다."는 것을 보여주기 위하여 상담은 받는 것이라 하였다.

너무나 담담한 아내와 상반되게 위축되어있는 남편 모습의 이미지는 내게는 강렬하였다.

아내에게 물었다. "남편분과 사는 동안 남편에게 가장 고마운 것이 있다면 무엇인가요?"

아내가 한참이나 생각하더니 짧고 굵게 한마디 하였다. "무관심요." 다시 물었다. "남편분과 사는 동안 남편으로부터 가장 힘든 것이 있었다면 무엇인가요?" 아내는 다시 한참을 생각하더니 아이러니하게도 대답은 한가지였다. "무관심요." "남편에게 고마운 것도, 남편에게 서운하고 섭섭해서 힘들었던 것도 남편의 무관심일까요?"라고 재차 묻게 되었다. 아내는 두말

할 필요 없다는 듯이 "네. 무관심입니다."라고 대답하였다.

그렇다. 이것이 바로 부부관계의 비밀이다. 부부관계를 단 적으로 보여준 하나의 사례라고 하겠다. 이렇게 부부관계는 아이러니하고 두 부부 외에는 아무도 모르는 것이 부부관계이다.

우리는 양육자와의 관계에서 해결하지 못한 보따리 하나씩은 가지고 이성을 만나 로맨틱 단계를 거친 후 결혼이라는 것을 하게 된다. 부부는 각자 가지고 온 보따리를 펼쳐 보이며 양육자와의 관계에서 해결하지 못한 그것을 배우자를 통하여 해결하고자 하는 강한 무의식적 욕구와 기대를 가지고 있다.

서로 각자가 자기 보따리를 펼쳐 보이며 "나에게 당신이 맞춰."라고 하거나 "내가 당신에게 맞출게."로 해결하려고 한다. 하지만 부부관계라는 것이 내가 배우자에게 맞춘다고 해서 때로는 배우자가 나에게 맞춘다고 해서 해결되는 것이 아니다. 이렇게 간단하고 쉬운 문제라면 왜 그 속을 아무도 모른다고 하겠는가?

우리는 어린 시절 양육 과정에서 받아보지 못했던 그것. 상대 배우자에게 그토록 원했던 그것. 그토록 원하고 바라던 것이건만 그것이 자신에게로 오게 되면 나도 모르게 무의식적으로 밀어낸다.

왜?

그토록 원했었고 받고자 했던 그것을 한 번도 받아본 적이 없었기에 어떻게 받는지 모르는 것이다. 그래서 자신도 모르게 밀어내고 있는 것이다. 분명 위 사례의 아내는 남편에게 관심과 사랑을 받고 싶었다. 부모에게서 한 번도 받지 못했던 그 관심과 사랑을 배우자를 통하여 해결하고자 하였다.

그런데 아내는 한 번도 양육자였던 부모에게 사랑과 관심을 받아본 적이 없었다. 그래서 관심과 사랑을 어떻게 받는지? 받는다면 어떻게 받고, 어떻게 주는지 도저히 알지 못하였다. 그래서 결혼 생활에서 남편이 주는 관심과 사랑이 불편했다. 불편한 것이 오게 되니 불편한 것을 무의식적으로 밀어내는 것이다. 불편하지 않기 위해서. 익숙하지 않은 것이기에 밀어내는 것이다. 그래서 남편과 사는 동안 남편에게 가장 고마웠던 것이 "무관심"이었고, 그 "무관심"이 남편에게서 받았던 가장 힘든 것이 되었던 것이다.

이게 말이나 되는가?
그런데 말이 되는 것이고 자신의 무의식적 역동을 정말 잘 알아차린 아내의 사례였다. 이렇듯 우리는 그토록 원하고 바라던 것이 오게 되면 나도 모르게 밀어내고 있다. 받아 본 경험이 없기 때문이다. 이 얼마나 분하고 억울하고 슬프고 가슴 아픈 일인가?

자, 그렇다고 한다면 언제까지 분하고 억울하고 슬프고 가슴 아파만 할 것인가?

이제 이런 역동을 알았다면, 그래서 나의 미해결 과제를 알아차렸다면 배우자로부터 그것이 올 때 밀어내지 말아야 할 것이다. 의식적, 의도적으로 반갑게 내 것으로 맞이하여 소화하는 경험 하여 볼 필요가 있다는 것이다.

인정하고 수용하는 자세.
내가 그토록 바라던 것이 관심이었다면, 사랑이었다면, 인정이었다면, 자유였다면, 허용이었다면 그것이 배우자를 통하여 받게 될 때 있는 그대로 받아야 할 것이다. 밀어내지 말고 내 것으로 받아 내 안에서 경험되어지게 하여야 할 것이다.

적어도 "고마웠던 게 관심이었고, 힘들었던 게 무관심이었다."고 말은 할 수 있어야 되지 않겠는가.

오해

감동적인 이야기가 한동안 인터넷을 달군 적이 있었다. 한 선생님이 매일 지각하는 학생에게 회초리를 들었다는 이야기인데, 내용은 아래와 같다.

어쩌다 한번이 아니라 날마다 지각하는 학생이 너무나도 괘씸하여 담임 선생님은 모든 반 학생들이 보는 앞에서 회초리를 들어 지각하는 학생의 종아리를 때립니다.

선생님이 매일 지각하는 학생의 종아리를 때린 이유는 성실하지 않다고 생각하였기 때문입니다. 성실하다면, 지각하지 않을 것이라는 선생님의 주관적인 생각이었습니다.

그날도 선생님은 지각한 학생의 종아리를 손에 힘이 들어갔음을 느낄 정도로 때렸습니다.

그리고 회초리를 든 다음 날 아침이었습니다. 아침 출근길에 선생님은 차를 타고 가다가 늘 지각하는 그 학생을 보게 되었습니다. 학생은 한눈에 봐도 병색이 짙은 아버지를 휠체어에 태우고 요양시설로 들어가고 있었습니다. 요양시설은 문을 여는 시간이 정해져 있었기에 학생은 아버지를 요양시설에 모셔다 드리고 100미터 달리기 선수처럼 달려서 학교에 와도 늘 지각할 수밖에 없었던 것 같았습니다.

순간 선생님의 가슴이 무너져 내리며 서늘해졌습니다. 학생에게 물어보지도 않고 지각하기 때문에 성실하지 않다 생각하여 무조건 회초리를 든 자신이 부끄러웠고 자책감이 들었습니다.

그날 역시 지각한 학생은 선생님 앞으로 와서 말없이 종아리를 걷었습니다. 선생님은 그런 학생의 손에 자신의 회초리를 쥐여 주고 종아리를 걷었습니다. 그리고 그 학생에게 말하였습니다. "미안하다, 정말 미안하다."라는 말과 함께 학생을 꼭 끌어안았습니다.
그렇게 선생님과 학생은 끌어안고 함께 울었습니다.

이 감동적인 이야기는 읽는 이로 하여금 참 많은 것을 느끼고, 선생님이 얼마나 훌륭한 분이신지도 생각하게 한다. 그런데 하나 아쉬운 부분이 있다. 그것은 다름 아닌, 학생에게 물어봤어야지? 라는 것이다. 그 학생을 많은 친구가 보는 앞에서 종아리 걷게 하여 때릴 것이 아니라 먼저 물어봤어야 한다는 것이다.

매일 지각하는 학생에게 선생님은 물어봤어야 했다. "매일 같이 지각하는 이유가 있어?"라고 물어야 했다. "매일 같은 시간에 학교에 오지만 매번 지각하는데 무슨 말 못 할 일이라도 있니?"라고 물어야 했다. 만약 학생을 불러 물어보았다면? 학생이 처한 상황을 알았을 것이고, 거기에 따른 어떤 조치를 취했을 것이고, 선생님 마음대로 오해하지 않아도 되었을 것이다.

그리고… 그리고… 친구들 앞에서 억울하게 맞지 않아도 되었을 것이다.

이 학생이 매일 똑같은 시간에 헐떡 벌떡 숨이 차오르도록 뛰어와도 지각할 수밖에 없는 것은 이유가 있을 터 그 이유를 물었어야 했다. 묻는 확인 절차만 거쳤어도 불성실한 학생으로 치부하지 않아도 되었을 것이며, 매일 회초리를 들지 않아도 되었을 것이다.

우리는 이렇게 종 종 묻지 않고 내 생각에 몰두해 누군가를 재단하기 바쁘다. 내 입맛대로 간 맞추기 바쁘다. 묻지 않았기에 오해라는 것이 그래서 생겨나는 것이다. 우리는 오해하지 않으려면 물어야 한다. 늘 묻고 확인해야 한다. 그래야 이해를 할 수 있는 것이며 오해하지 않는 것이다.

누군가로부터 오해받는다는 것은 결코 유쾌한 일은 아닐 것이다. 내가 누군가로부터 오해받고 싶지 않듯이, 나 역시 타인을 내 마음대로 오해하지 않기 위해서는 물어야 한다는 것을 늘 기억하였으면 한다.

이해하는 것도 좋은 일이다.
역지사지하는 것도 좋은 일이다.
그 사람의 신발을 신어보는 것도 좋은 일이다.
하지만 그 전에 물어보는 것이 더 좋을 때도 있다는 것을 잊지 않았으면 한다.
적어도 오해하는 일은 없을 테니까.

이별, 이혼을 꿈꾸는 이유

많은 사람은 누군가를 만나서 로맨틱한 사랑을 꿈꾸며 낭만적인 사랑에 빠진다. 두 사람이 열렬히 사랑하기에 결혼을 약속하게 된다. 결혼이라는 울타리 안에서 둘만의 사랑 보금자리를 만들어 가고 싶어 하는 것이 그들의 마음일 것이다. 그 마음은 변치 않을 것이라는 환상을 실은 채 결혼이라는 배를 타고 긴 항해를 떠난다.

그러나 영원하리라 믿었던 사랑의 보금자리 안에서 커플, 부부관계는 한 해 두 해 거듭해 갈수록 어느 틈엔가 보이지 않는 벽이 생긴다. 말을 하면 통 통 팅기며 나뒹굴다가 데굴데굴 살이 붙어서 결국은 말했던 자신에게 말로 되돌아오는 것을 경험하게 되기도 한다.

이 경험은 한 번이 두 번이 되고 두 번이 열 번이 되면서 바라만 봐도 좋았던 연애 시절은 어디로 가고 없음을 알아차리게 된다. 어디서부터 삐걱되었는지 되새김질하고 리플레이해 보지만 연애 때 그토록 좋아했던 그(그녀)는 보이지 않는다. 쳐다만 봐도 고개를 돌려버리고 싶은 그런 대상만이 내 앞에 있게 되는 것을 경험하게 되는 것이다.

그러다 문득, '내가 이런 사람을 사랑했던 것이 맞나?'라고 자책·후회·단념·포기의 단계를 지나 완전 번 아웃 되려 하는 찰나에 멈추게 된다. 그리고 이별, 이혼을 꿈꾸게 되고 이 꿈을 실현시키기 위하여 법원을 노크하게 되는 악순환을 반복하고 있는 시대에 우리는 노출 되어 있다고 하겠다.

그렇다면 우리는 그 당시 어떤 사람과 로맨틱한 사랑을 꿈꾸고 낭만적인 사랑을 했던 것일까? 그러나 확실한 것은 로맨틱한 사랑은 끝나게 되어 있다는 것이다. 낭만적인 사랑에 빠져 상대에 대하여 콩깍지에 쌓여 있었던 것은 일시적인 현상이라는 것이다. 그렇기에 로맨틱한 사랑에는 유통기한이 있다는 것이다.

내가 그토록 함께하고자 해서 사랑했다던 그(그녀) 사람? 그(그녀)는 자신의 잃어버린 자아, 부인한 자아, 부정한 자아, 자신에게는 필요 없다고 버렸던 자아를 가지고 있는 그(그녀)였던 것이다. 자신의 잃어버린 자아를 가지고 있는 그(그녀)와 사랑에 빠졌던 것이고, 그(그녀)와 하나가 되면 온전성에 대하여 회복할 것이라 믿었던 것이다. 자신의 양육자처럼 반응해 줄 대상. 그래서 투사할 수밖에 없는 그(그녀)를 찾았다 확신했기에 항해를 떠났던 것이다.

항해를 떠나면서 보이지 않은 자신만의 해결하지 못한 보따리 하나씩은 싸 가지고 결혼을 하기에 이르렀다. 어린 시절 부모와의 관계 경험에서 해결하지 못했던 그런 보따리 하나씩 싸 가지고서 말이다. 그러다 신혼여행 다녀오고 무장해제 되면서 어느 순간 속수무책으로 콩깍지가 벗겨지기 시작한다. 삽시간에 관계는 악화되기 시작하고 아무것도 아닌 사소한 것으로 다투기 일쑤이다. 이렇게 시작된 작은 불씨가 크게 번지는 것이며 매번 반복하며 되돌이표 되어 같은 패턴으로 무의식적 게임은 시작되는 것이다. 그렇다면 어린 시절 부모님과의 관계에서 미처 끝내지 못했던 그런 미해결 된 과제가 무엇이란 말인가? 물론 사람마다 해결하지 못한 과제가 다 다르다. 그리고 난이도 또한 다 다르다. 수준도 다르다. 다만 확실한 것은 자신이 상처받았던 그 발달 단계상 그 시기에 상대 배우자도 받았다는 것이다. 난이도와 수준도 둘이 비슷하다는 것이다. 그래서 끼리끼리 유유상종인 것이다. 다른 것은 그것에 대한 표현 방식이 다를 뿐 결국 배우자에 대한 흉은 자신의 얼굴에 침 뱉기와 같은 것이다.

어린 시절 부모로부터 받았어야만 했던 바로 그것, 그것을 연애 때에는 서로가 서로에게 채워주었었기에 로맨틱한 사랑 낭만적 사랑에 빠졌던 것이다. 결혼해서도 당연히 채워줄 것이라는 무의식적 욕구와 기대 동기가 있어서 항해를 떠났을 뿐이고….

바다 한가운데에서 갈등을 겪고 다투다 보니 얼마나 위험천만한 상황이 연출되는지 알 수 있다. 자녀도 있다면 그 위태로운 매 순간순간을 함께한다고 생각해보라. 트라우마가 생기지 않을 재간이 없는 것이다. 그러니 싸 들고 올라탔던 그 보따리 다시 싸 들고서 이별, 이혼으로 지금의 관계를 끝내려고 하는 것이다.

즉, 부부들이 이혼하고자 하는 진짜 이유는 성격 차이가 아닌 것이다. 자기 내면 안에 가지고 있는 미해결 과제가 상대 배우자로부터 채워지지 않게 되자 더 이상의 힘겨루기를 중단하고 이혼을 하고자 하는 것이다. 이러한 과정들을 모르기 때문에 성격 차이라 하고 이별, 이혼으로 그 관계를 끝내려고 한다는 것이다.

우리는 우리가 성장하는 과정에서 부모를 비롯한 중요한 사람들과의 관계 속에서 우리 자신과 타인에 대한 표상(어떤 대상에 대해 자기가 갖는 어떤 정신적인 상, 像, image)을 형성하게 된다. 이 내면화된 표상들이 자신과 가까운 주변 사람들에 대한 지각과 경험 그리고 관계 양식과 문제에 어떤 영향을 자신도 모르게 주고 있다. 이런 걸 안다면 생애 초기의 부모(양육자)와의 관계 경험이 성격 구조의 형성과 발달에 미치는 영향을 이해하는데 큰 도움이 된다. 그래서 결혼 전에 예비 커플, 부부상담 교육이나 워크샵 기타 등 상담 관련 프로그램을 받아본다면 결혼 후 부부 갈등을 통한 힘겨루기에서 좀 더 자유로워지지 않을까 생각하여 본다.

즉, 결혼 속으로 가지고 들어온 어린 시절의 상처가 부부관계 안에서 치유되기 위해서는 관계에 헌신하며, 그동안 회피하는데 사용하였던 모든 탈출구들을 닫아야 한다. 무의식적 파트너십에서 의식적인 파트너십으로 바꾸어 관계를 하게 될 때 치유와 성장이 일어나는 아름다운 연인, 부부관계로 우뚝 서리라고 본다.

호랑이 굴에 들어가도 정신만 차리면 산다

며칠 전 80대 어머니가 상담실 문을 열고 들어오셨다. 1년 전 코로나19로 인하여 양성 판정을 받고 힘들었던 것 때문에 상담을 받고 가셨던 그 어머니셨다. 어머니를 알아본 나는 "어머니 여기에 오셔서 저 만나는 것은 좋은 일이 아닌데 오셨네요?"라고 하자 풀리신 눈으로 "그러게요."라며 힘없이 응수하였다.

어머니의 이야기는 이러하였다.

몇 달 전 한의원 가는 길에 버스 정류장에서 넘어졌다. 크게 염려하지 않고 그저 침만 몇 번 맞으면 될 것이라 여겼다. 그런데 알고 보니 척추 2번이 문제가 생겼고, 수술해야 했다. 그래서 근 3개월을 입원해 있었다. 코로나19로 여전히 병원 문턱은 높았고 면회 또한 자유롭지 못하였다. 시국이 시국인지라 그것은 괜찮았다. 그런데 퇴원하고가 문제였다.

근처에 살고 있는 아들이 어머니에게 이야기를 하였다. "어머니 우리가 맞벌이를 하다 보니 어머니를 돌봐 드릴 수 없어요. 그래서 어머니 몸이 안 좋아지는 것 같으면 말씀해 주세요. 요양 병원으로 가시는 게 나을 것 같아요."

어머니는 아들의 이 말에 속병이 나 버렸다. 마음의 병이.

입맛이 통 없고, 눈은 풀리고 몸은 자꾸만 힘 빠지고 도저히 살맛이 안 났다. 옆에서 지켜보던 딸이 이러다 정말 요양 병원 가시게 생겼다며 상담 예약해 주어 오게 되었다 하였다.

어머니에게 잘 오셨다 말씀 드린 후 "무엇이 그렇게 서러우셨느냐?"고 여쭙게 되었다.

눈시울을 붉히신 어머니는 "내가 지네들을 어떻게 키웠는데 내가 조금 아프다고 나를 요양 병원에 보낼 생각을 합니까? 내가 남편 죽고 주위에서 내 명의로 하라는 집을 옆에서 잘 모시겠다고 해서 아들놈에게 넘겨주었는데 요양 병원으로 가면 이제 죽는 것만 남은 것 아닙니까? 그러니 서럽지요."

그렇다. 어머니 입장에서야 너무나 많이 서럽다. 서러워서 결국 상담실까지 오시게 된 것이 아니겠는가!

그래서 어머니에게 물었다. "앞으로 어머니는 어떻게 하고 싶으세요?" "요양 병원 가면 나보고 죽으러 가라는 것인데 요양 병원에 안 가야지. 무슨 소리야. 요양 병원 갈 생각만 하면 내가 아주 서러워서 미칠 지경인데." 그래서 어머니에게 요양 병원 가지 마시라 말씀드렸다. 그러자 어머니는 요양 병원 가시지 말란 나의 말에 솔깃하셨는지 어떻게 하면 되느냐고 내게 물으셨다. 나는 그런 어머니에게 다시 되려 묻게 되었다. 어떻게 하면 요양 병원에 가지 않아도 되는지에 대해서. 어머니는 대답 대신 두 눈을 깜빡거리시면서 내 입만 쳐다보고 계셨다. 빨리 답을 달라는 표현이셨다.

그래서 어머니에게 "어머니가 아프시지 않고 건강하게 사시면 요양 병원에 갈 이유가 없어진 것 아닐까요?"라고 하자, 금세 풀이 죽은 듯 "내가 지금 이렇게 아픈데…"라고 말끝을 흐리셨다. 그래서 나는 어머니에게 말씀드렸다.

예부터 내려오는 속담에 호랑이 굴에 들어가도 정신만 차리면 산다고 하였다. 여기에서 호랑이 굴은 어디겠는가? 바로 자식들이다. 그 자식들 앞에서 아픈 모습 보이고 아파하는 소리 하게 되면 호랑이인 자식들은 바로 요양 병원을 떠 올리게 될 것이다. 그렇게 되면 요양 병원으로 가는 길밖엔 없다. 바쁘다, 맞벌이해서 어렵다. 등 어머니를 돌볼 수 없다는 이유가 넘쳐 나기에 어쩔 수 없는 것이다. 그러니 자식들 앞에서 정신 차린다는 것은 어머니가 마음을 단단히 먹고 정신 줄을 놓지 않으면 되는 것 아니겠는가. 마음 단단히 먹고 정신 줄을 놓지 않기 위해선 건강한 마음을 갖고 바른 생각을 하며 맛있는 음식 억지로라도 먹으면서 정신 차려야 하는 것이다.

이렇게 전해 드리자, 금세 어머니의 눈에 생기가 돌기 시작하였다. 요양 병원 가지 않아도 되는 방법을 아셨기 때문이었다. 어머니는 상담실 문을 열고 나가실 때까지 "호랑이 굴에 들어가도 정신만 차리면 산다."를 여러 번 되새기면서 나가셨다.

그리고 오늘 상담에 오셨는데 지난주와는 다르게 생기가 돌고 가뿐한 발걸음으로 오셨다가 가셨다.

우리는 호랑이와 관계를 맺으며 살아가야 한다. 그리고 스스로 호랑이 굴에서 나오기도 하고 들어갈 때도 있다. 그럴지라도 너무 실망하지 않았으면 좋겠다. 왜냐하면, 정신만 차리면 되는 문제이니까.

옛 선인들의 말씀은 어느 것 하나 흘려버릴 말씀이 없다.

"호랑이 굴에 들어가도 정신만 차리면 산다."
"호랑이 굴에 들어가도 정신만 차리면 산다."
"호랑이 굴에 들어가도 정신만 차리면 산다."

힐링 메시지

사람들마다 힐링 메시지는 다 다르다.

부부 상담을 하다 보면 배우자에게 들었을 때 내면의 깊은 상처에서 치유가 되는 힐링 메시지는 다 제각각이다. 어떤 남편은 "난 당신 곁을 영원히 떠나지 않아." 일 수 있고 어떤 아내는 "난 언제나 당신 편이야. 당신이 손가락질받을 만한 일을 하였다 해도 난 언제나 당신 편이야."가 될 수도 있다.

힐링 메시지는 언어와 느낌으로 전달되며 그 사람으로 하여금 살아있음을 느끼게 하고 존재로서 꿈틀거리게 하는 말이다. 힐링 메시지를 제대로 들려주려면 그 사람 내면의 깊은 상처가 무엇인지 정확하게 알아야 담아내어 들려줄 수 있다. 왜냐하면, 다른 사람에게 힐링 메시지가 된다 할지라도 내게는, 나의 배우자에게는 다른 힐링 메시지가 있을 수 있기 때문이다. 다만, 듣기 좋은 말은 될 수 있을 것이다.

힐링 메시지가 제대로 그 사람에게 들려지게 될 때 자신도 모르게 가슴 저변에서부터 울컥하며 눈물이 솟아난다. 때론 소리 내어 펑펑 우는 것도, 눈물과 콧물이 뒤범벅이 되어 우는 경우도 상담 장면에서 수없이 보아왔다. 이렇듯 힐링 메시지는 각 사람마다 다 다르고 그 사람에게 의미는 남

다른 것이다.

어떤 사람에게는 "나는 네 편이야."라는 의미가 들어간 말이 힐링 메시지가 되는 경우가 있다. 물론 힐링 메시지는 상처와 깊은 연관이 되어 있기에 그 사람에게 맞는 힐링 메시지를 잘 탐색하고 통찰하여야하지만….

이처럼 나는 힐링 메시지에 대하여 강의를 할 때면 여기에 따른 일화가 있어 늘 소개하게 되는 이야기가 하나 있다.

나와 아주 가까운 절친이 경험한 이야기이다.

이 절친에게는 아주 가까운 친구가 있었다. 친구 덕분에 자신이 어려운 상황에 있을 때 많은 위로를 받았고 힘을 얻었다고 하였다. 그래서 때로는 혼자 우두커니 앉아 멍 때릴 때면 그 친구와 자신이 믿고 있는 신에게 감사함이 올라와 눈물 흘릴 때가 여러 번 있다 하였다.

그날도 그랬단다. 어느 날 점심을 먹고 난 후 차를 마시며 멍 때리고 있자니 신과 그 친구에 대한 감사함이 올라와 본인도 모르게 눈물짓고 있었다 한다. 마침 친구에게 전화가 왔다. 울다가 받은 전화였기에 "여보세요."라는 목소리에서 무언가 심상치 않음을 느꼈던 그 친구가 갑자기 소리를 질렀다. "너, 왜 울어. 누가 널 무시했어. 어떤 년이 널 무시했어. 내가 지금 당장 올라가서 그년을 내가 작살 내 버릴 테니 누구야?" 느닷없이 믿도 끝도 없이 알지도 못한 채 소리 지르며 욕을 해 대는 친구를 보면서 웃음이 나와 "픽" 하고 웃어버렸다는 이야기였다. 그런데 그 이후 자신의 마음 한 구석에서 무언가 꿈틀대는 살아있음을 느끼는 것이 올라왔다고 하였다. 상처의 일부분이 치유가 된 것이다. 무조건적으로 내 편이 있다는 그 엄청난 사실 하나에 그동안 내면 깊숙이 자리 잡고 있던 상처 하나가 툭 건드려지면서 치유가 되었던 것이다.

이렇게 누군가가 나의 편이 되어 내 입장을 대변해 줄 때 내 안의 상처는 치유되는 성장을 맛보게 되는 것이다. 그렇다고 한다면, 그 사람이 나의 배우자라고 할 때에는 어떻겠는가?

상상만 하여도 행복한 일이다.

그런데 여기서 잠깐,

내 자신에게 먼저 힐링 메시지를 하여 준다면 이 또한 치유되어 가는 과정을 경험하게 될 것이다. 자신의 힐링 메시지는 무엇일지 한 번씩 탐색하고 통찰해 보길 바란다.

세는 나이에 대하여 갖는 의미

    1962년 1월 정부에서는 '만 나이' 사용을 정부 기관과 국책 기업에 지시 전달하였다. 태어나는 그 시간을 1일째로 셈하여 1년이 지나야 한 살이 되는 나이를 만 나이로 계산한 것이다. 하지만 우리나라는 관습적으로 세는 나이를 셈하여 태어나는 그 순간 어느 달에 태어나던지 상관 하지 않고 이미 한 살 먹은 것으로 쳐주었다.

    그런데 만 나이 사용 개정안이 국회 본회의를 통과하여 올해 6월 28일부터 나이 표시하는 방식을 국제통용 기준으로 통일한다고 한다.(2023년 6월 28일부터)

    세는 나이는 한자문화권에서 (한국, 중국, 일본, 대만, 홍콩 등 동아시아 전체) 사용하고 있었다. 하지만 점차 다른 나라들은 서양식의 만 나이로 통일하였는데 우리나라만 세는 나이로 사용하고 있었다. 어찌 보면 국제통용 기준으로 통일하는 시기가 늦었다고 할 수도 있겠다.

    한국식 세는 나이의 유래에 대해서는 여러 설 들이 있으나 그중에 인간 존중 사상의 영향도 받았다. 뱃속의 태아도 생명으로 인정하여 나이를 셈하는 생명 존중이 뿌리 깊게 포함되어 있는 것이다. 이런 일환으로 임신 중절(낙태)이 불법이었으나 현재 헌법불합치 결정으로 폐지되어 임신 중절이 불법이 아니게 되었다.

이러한 이유로 세는 나이의 유래가 우리에게서 잊혀질까 염려스러운 부분도 있다. 좋은 의미가 퇴색되어 가는 것은 무진장 안타깝기 때문이다. 왜냐하면, 엄마의 배 속에 있는 태아는 엄마의 생각, 사고, 느낌, 감정을 익히 다 알고 있다. 모든 일거수일투족을 엄마 자신보다도 더 정확하게 태아는 알고 있다. 배 속에 있는 자신에게 무슨 짓을 하였는지 무의식은 알고 있다. 엄마 태중에 있었을 때 경험한 것들이 심히 불유쾌한 것들이었다면 더더욱 더 말이다. 그 경험으로 인한 상처에 대하여 생각을 만들어내지 못하고 기억으로 되살려내지는 못하지만 무의식이란 거대한 창고에 이미 저장되어 트라우마를 만들어내고 있기 때문이다. 이러하기에 엄마 태중에 살았던 태아는 하루하루를 살아내고 있으며, 태어나는 순간 한 살을 쳐 주는 것은 굉장히 설득력이 있다는 견해를 나는 가지고 있다.

상담 장면에서 보게 되면 문제의 근원이 태내에 있었을 때 경험한 트라우마로 인하여 외상후 스트레스가 많은 분 들을 만나게 된다. 그 트라우마가 치유되지 않고 성인이 되어 관계에서 문제를 재생산해 내는 것을 보게 될 때 엄마의 태내에 있었을 때 역시 얼마나 중요한 세상에 처해 있었는지를 너무나 잘 알 수가 있었다. 봄이면 깊은 우울에 빠져 허우적대던 그녀. 그녀가 엄마의 뱃속에 있었을 때 그녀를 유산시키기 위하여 양잿물을 마셨으나 죽지 않고 태어났다고 하였다. 그녀의 엄마에게 들었었는데 양잿물 마셨던 때가 봄이라고 하였었단다.

또 다른 그녀는 임신 중임에도 남편에게 폭행을 당하였다. 남편은 아이를 원하지 않는다고 하였다. 아이가 성인이 되자 유학을 보냈다. 마약에 손을 댔고 교도소에도 몇 번 다녀왔다. 그래서 아예 외국으로 보내버렸다. 가끔은 아들이 그리워 보고 싶지만 가슴에 묻는다고 한다. 업보인 것 같다고 하소연하는 분들이 한둘이 아니다.

임신 중에 구구절절 가슴 아픈 사연들이 트라우마가 되어 문제로 재생산하고 있는 것을 상담 장면에서 보게 되었다. 임신 중일지라도 태아에게는 이미 트라우마가 형성되어 무의식은 다 알고 있기 때문에 열 달이 내게는 크게 느껴지는 것은 사실이었다.

그런데 엄마의 배 속에 있는 그 시기를 나이 셈법에서 쳐주지 않는다고 생각을 하게 되니 섭섭하고 서운하고 아쉬운 부분이다. 더불어 엄마 배 속에 있었을 때의 그 시간이 부정당한 느낌이 들어 23년 6월 28일 이후 태어나는 우리 후손들에게 많이도 미안해진다.

그럴지라도 대한민국을 짊어지고 나아 갈 우리의 미래이기에 건강하게 태어나 무럭무럭 잘 자라주기를 바라는 마음뿐이다.

대화 소통의 기술

아내는 남편을 만나 알게 된 지는 한 5, 6년 되었다. 먼 거리를 마다하고 연애 감정을 키워오다 결혼한 지는 1년이 되었다. 남편과 동거 포함 횟수로는 약 3년 정도 되었고, 실제 부부처럼 결혼 생활했다고 할 수 있는 것은 1.5년이다. 차이가 나는 이유는 현재까지도 직장 문제로 각자 떨어져 생활하고 있기 때문이다.

아내는 지방에서 친정어머니를 도와 자영업을 하고 있다. 2주에 한 번씩 남편 홀로 살고 있는 신혼집인 서울로 와서 2주 정도 머물다 다시 지방으로 내려가는 라이프 스타일을 가지고 있다. 그런데 이 신혼집에서 남편과 생활할 때 아내가 느끼는 감정이 문제였다.

아내의 표현을 빌리자면 이러하였다.

「남편과 아내는 바다로 향하였다. 항해사의 역할을 남편에게 맡기고 바다에 배를 띄워 가는데 항해사로서의 기본을 남편이 모르는 것 같다는 것이다. 아내는 남편이 항해사이기에 바다에 대하여 알고 있어야 된다는 생각을 가지고 있다. 태풍불면 어떻게 하여야 하는지? 어느 방향으로 가면 수심이 깊고 낮은지? 풍량의 세기에 따라 배를 어떻게 움직여야 하는지에 대하여 기본은 알고 있어야 된다는 것이 아내의 생각이었다. 그런데 남편은 전혀 알지 못하고 있는 것 같다는 것이다. 그러니 그 배에 타고 있는 아내 본인은 불안하여 때로는 놔버리고 싶고 속았다는 느낌이 들며 정신을 차릴 수 없다는 것이다.」

이런 답답함 속에서 대화를 좀 하려 하면 남편은 혼자 있고 싶다 말을 하고 입을 다물어버리니 아내는 이런 관계를 어떻게 풀어가야 좋을지 모르겠다고 하였다.

그렇다.
남편은 한 가정의 가장으로서 부부관계와 남편의 역할에 대하여 배운 적이 없었다. 바다에 나가서 배를 띄었다면 어떻게 항해를 하여야 하는지 전혀 알지 못한 채 아내가 쥐어 준 키만 잡았던 것이다. 아내 역시 알지 못하였다. 그래서 부부라면 관계가 어려울 때 큰 소리로 다투던 오순도순 이야기를 나누던 대화로 풀어가야 하는데 배운 것이 없었던 것이다.

배운 적이 없는 부부관계를 남남이었던 두 남녀가 만나 만들어 가려고 하니 때때로 속은 느낌이 드는 것이다. 두 부부는 어린 시절 아버지의 부재 속에서 양육되었다. 남편에게는 부모님 모두 계셨으나 부모님의 부부관계에서 일어나는 상호작용을 거의 본 적이 없었다. 이른 아침부터 늦은 밤까지 생계를 위하여 일만 하셨기에 볼 수 있는 기회가 드물었다. 아내 역시 아버지가 가정을 떠나 다른 곳에서 생활하며 사셨고 어머니와 여동생하고 함께 살게 된 것도 어린 시절 몇 년 후부터였다. 이런 양육 환경이었기에 두 부부 모두 부부로서의 상호작용, 남편으로서의 역할, 아내로서의 역할을 부모로부터 배우지 못하였다.

사회심리학자인 에릭 프롬은 '사랑의 기술'이라는 책에서 "사랑은 다듬고 연마해야만 하는 기술"이라고 하였다. 사랑이란 쉽게 얻어질 수 있는 것이 아니라 연습과 노력을 통한 기술이 필요하다는 것이다. 이처럼 관계에서 기 싸움으로 번지지 않기 위하여 대화로서 소통하는 기술을 배워야 한다.

먼저 부부는 반응적으로가 아니라 사실대로 이야기할 수 있어야 한다. 그런데 배운 적이 없기에 감정적인 대화가 나오고 서로가 상대를 향해 겨루는 것처럼 들려지게 하는 내 말만 할 뿐이다. 이는 상대를 더 화나게 만들어 내고 보이지 않는 마음의 담을 쌓게 할 뿐 도움이 전혀 되지 못한다. 그래서 안전하게 대화 하는 소통의 기술을 배워야 한다는 것이다.

첫 번째는 서로가 하는 말을 제대로 들을 수 있어야 한다. 상대의 '말을 듣는다.'라는 것은 굉장히 어렵다. 대부분 부부는 상대가 말하는 것을 들을 때, 거기에 자신이 답할 것을 예측하면서 듣는다. 그러니 상대의 말이 제대로 들려지지 않는다. 사람들에게는 자신들만의 이야기가 있다. 그런데 그 이야기를 들으려 하지 않는 사람에게는 할 수가 없다. 그래서 우선 부부가 서로 잘 들을 수 있는 태도를 갖춰야 한다.

두 번째는 서로를 이해하려고 하여야 한다. '이해한다.'라는 것은 내가 상대방이 하는 말에 동의한다는 것이 아니다. 상대가 표현하는 것을 정확하게 알아들으려고 하는 마음과 귀를 가지고 있어야 한다는 것이다.

세 번째는 각자에게 사고의 영역인 세상이 있듯, 상대에게도 사고의 영역인 세상이 있다는 것을 인정하여야 한다. 서로 다름을 인정하여야 한다는 것이다. 맞고 틀림의 문제가 아니라는 것이다. 이렇게 되었을 때 결혼 생활이 안전한 기지가 되어 줄 수 있다. 서로가 보호되는 자리이고 대화로서 소통이 잘 연결될 때 열정이 되살아나는 자리가 되어 줄 수 있는 것이다. 그래서 사랑에 기술이 필요하듯 대화 소통에도 기술이 필요한 것이다.

부부가 이렇게 상대방의 사고 영역인 세상을 인정하고 말하는 말을 제대로 알아들으며 그 말을 정확하게 이해하게 될 때에 대화다운 대화를 하게 되는 것이다. 일방통행이 아닌 쌍방 통행의 대화를 하게 된다는 것이다. 이로써 평행선으로 치닫는 것이 아니라 깨어 있는 결혼 생활을 할 수 있게 도와주는 것이다. 이처럼 부부 서로가 들을 수 있고 이해할 수 있고 다름을 인정하여 주는 대화 소통의 기술로 관계를 할 수 있다면 건강하고 치유가 되는 부부관계라 할 것이다.

Part 5

영상미디어 편

관계의 힘

(영화 '장르만 로맨스')

우연찮게 '장르만 로맨스' 영화를 보게 되었다. 영화 전반부를 보다 "어머, 게이 영화야?" 나의 놀라는 마음이 느껴졌다. 남성 동성애에 관하여 어떻게 그려졌는지 약간의 기대가 올라왔다. 기대는 동성애인 두 사람(교수와 제자)의 관계에서 감정들을 어떻게 처리하는지 사랑의 쟁점은 어떻게 치닫는지 등 궁금증이 증폭되었다. 긴장감이 흐르는 것을 느끼며 늦은 밤 졸린 눈을 비비며 영화를 보게 되었다. 하지만, 내가 기대했던 만큼의 동성애에 대하여 다룬 영화가 아니었고, 여러 유형의 관계를 다루는 영화라고 보는 것이 맞을 것 같았다.

이 영화 조은지 감독도 "관계에 대한 이야기를 하고 싶었다."고 한 것을 보면, 여러 유형의 설정을 통하여 다양한 관계를 선보인 것으로 보여진다. 이 여러 가지 관계 유형들을 보면서 마틴 부버의 '나와 너'에서 "우리는 관계적 존재이다."라고 한 말이 생각이 났다.

즉, "인간은 대화적 존재이며 관계적 존재이다."라는 것이다.

감독은 이 얽히고설킨 관계에서 그리고 싶었던 것이 관계 속에서 빛나는 힘, "관계의 힘"이라고 나는 보았다. 이런 관점에서 영화를 보게 되면,

'어떻게 상호작용을 하고, 어떤 관계 방식을 가지고 있느냐에 의해서 관계가 만들어지고, 그 만들어지는 관계 안에서 힘이 발휘되는 것'이라 보았다.

그렇다고 한다면, 이 영화에서 관계의 힘은 어떤 시선으로 그려졌는가? 들여다보면 답이 나왔다. "상대를 있는 그대로 바라봐 주고 인정해 주는 것."이었다. 감정에 끌려가는 것이 아니라, 감정을 지켜보고 그 감정에 머물러 주고 기다려 주었다. 상대를 탓하거나, 비난하거나, 수치심을 주는 것이 아니라 그 마음을 헤아려 주었다.

결국, 있는 그대로 인정해 주고 수용해주게 되면 제자리를 찾아 돌아가는 것이다. 내가 그 누군가에게 온전히 "수용되었다. 받아들여졌다."라고 느끼게 되면 결국은 제자리로 돌아오게 되는 것이다.

유진(교수를 사랑한다는 제자)이, "전 상처 받는 게 취미고, 극복하는 게 특기에요."라고 말하지 않던가. 즉, "관계를 통하여 상처받고, 관계를 통하여 회복하여 제자리 찾아간다."는 것이다. 관계에서 비난받지 않을 때, 수치심을 느끼지 않을 때, 있는 그대로 인정받을 때, 내 감정이 훼손되지 않고 폄하 받지 않을 때 우리는 돌아올 수 있는 것이며, 돌아갈 수 있는 것이다.

돌아올 수 있도록 그 자리를 비워두는 것. 돌아갈 수 있도록 그 자리를 남겨두는 것.
이것이 관계의 힘으로 그려졌다.

김현(교수)이 북 콘서트에서,

"관계에 대한 이야기를 하고 싶었다. 누가 누구를 사랑하는 가는 그 어떤 누구도 폄하할 수 없다. 단지 나를 사랑하는 사람을 내가 사랑하느냐? 아니냐? 혹은 내가 사랑하는 사람이 나를 사랑하느냐. 그 관계 속에서 성장하고 변화하는 그들의 모습을 그리고 싶었다."라고 말하였다. 사랑의 상호작용 그 관계 안에서 상처받기도 하고 치유를 통하여 성장도 경험하게 되는 것을 조은지 감독은 말하고 싶었다.라고 보여진다.

즉, 관계 속으로 걸어 들어가 함께하여도 우리 각자의 독특하고 분리된 나로서의 존재는 여전히 존중받으며 머물고 있다. 그 안에서 우리 각자는 있는 그대로 수용되어지고 받아들여지는 경험을 하게 될 때 관계에서의 힘이 발휘된다. 상처와 치유는 우리에게 성장과 변화를 가져다주듯이.

이 영화의 마지막 멘트처럼.
"색을 섞는다고 그 색이 사라지는 건 아니다. 다른 색으로 보일 뿐 실은 그 속에 우리가 알던 원래의 색이 있는 것이다."

동백꽃 필 무렵

(드라마 '동백꽃 필 무렵')

　　'동백꽃 필 무렵'이란 드라마를 내가 만난 건 정규 방영되고 있을 때가 아니었다.

　　TV 앞에 앉았던 어느 날이었다. 여기저기 채널을 돌리다 우연히 동백과 용식 두 사람이 나눈 대화 몇 마디를 듣게 되었다. "어라~" 하면서 재방송으로 만나게 된 드라마였다. 드라마의 소개란을 보게 되면, '편견에 갇힌 맹수 동백을 깨우는, 촌므파탈 황용식이의 폭격형 로맨스 "사랑하면 다 돼!" 이들을 둘러싼 생활 밀착형 치정 로맨스'라고 되어 있다. 그러나 내가 만난 드라마는 상처가 치유되어 가는 과정을 섬세하게 그려낸 한 개인의 치유와 성장 드라마였다. 즉, 가슴 시리도록 순정의 로맨스가 만들어 낸 상처 치유에 의한 성장 드라마였다.

　　우연히 TV 앞에 앉았다가 동백꽃 향기에 흠뻑 취했다고 한다면 맞는 표현일 것 같았다. 등장인물들이 주고받는 대사들을 풀어 보면 왜 상처 치유와 성장 드라마인지 알 수 있게 된다.

　　황용식의 엄마는 동백이를 가리켜 '나물 시루에 가둬놔도 볕 드는 구멍을 잘도 찾아내는 년'이라고 하였다. 이는 곧 칠전팔기, 오뚜기, 잡초, 질

경이의 이미지를 떠오르게 한다. 어린 시절 보육원에 버려져 고아 아닌 고아로서, 미혼모에 치매 엄마까지 책임져야 하는 아픔을 많이 안고 있는 동백이다. 이런 동백이의 외부적인 환경 조건들이 나물 시루 안에 상처로 가득 들어 있는 것이다. 그런 상처투성이의 나물들이 시루 안에 있으면서도 용식이라는 볕을 잘도 찾아내어 동백이 자기의 행복으로 끌어안았으니 용식의 엄마 입장에서는 그렇게 말할 만하다고 보겠다.

이런 황용식은 또 어떠한가? 나물 시루의 열악한 환경, 상처투성이인 환경에 대하여 신경 쓰지 않는다고 말하지 않는가. 동백이가 자신을 밀어내도 어쩔 수 없이 자신은 그런 동백이에 볕을 보내겠다고 하지 않는가. 동백이 있는 곳이 지뢰밭이라면 혼자 둬서는 안 되기 때문에 동백이 옆에 있겠다고 하지 않는가. 참으로 멋지다. 또한, 황용식은 몸소 실천하는 행동가이기도 한데, 정말 찐 사랑일 수밖에 없다. 이런 한결같은 찐 사랑에 동백이 어린 시절 받았던 모든 상처는 씻겨 내려갈 수밖에 없는 것이다.

이런 동백이 자신을 가리켜 사랑만 받고 산 척, 그늘도 없는 척하며 살았다는 것은 자신이 걸어온 길이 어두운 나물 시루 안이었고 지뢰밭이었음을 말해주고 있다. 또한, 동백은 용식 앞에서 속 편하게 행복할 수 없다고도 말하였다. 즉, 자신은 행복하면 안 된다는 무의식적 게임을 계속하고자 하는 역동까지 그려내고 있는 것이다. 이러하니, 이 드라마를 치정 드라마라 하기보다는 상처 치유와 성장해 가는 드라마라고 보는 것이 맞을 것 같다는 것이다.

여기에 황용식이 동백을 향하여 쏟아내는 대사들 역시 정말 치유적이

지 않을 수 없다.

여기에 맞서 동백이 독백하듯이 받아내는 대사들 또한 치유 적이고 성장을 위한 대사들이 분명하다. 동백이 용식에게 하는 말에서 알 수 있다.

"나는 걸을 때도 땅을 보고 걷는 사람인데 이 사람이 자꾸 나를 고개 들게 하니까. 자꾸 또 잘났다, 훌륭하다. 막 지겹게 얘기를 하니까 내가 진짜 꼭 그런 사람이 된 것 같으니까."

못다 핀 꽃망울들에게 들려주고 싶은 말. 원래 잘나고 훌륭한 사람이었다고. 처음부터 잘나고 훌륭한 사람이었다고. 꽃망울 너만 모르고 있다 말해주고 싶은 치유 메시지였다.

"못 이기는 척 또 기대고 싶을까봐 그래요. 용식씨가 하도 나를 우쭈쭈 해줘서 그런가 내가 혼자서 털고 일어나는 법을 까먹었어요." 동백이 비롯 못다 핀 꽃망울들에게 "못이기는 척 기대도 된다."고, 또 "기대도 된다."고 말해주고 싶은 말들. "혼자서 털고 일어나는 법을 까먹어도 괜찮다."고 꽃망울 네 잘못 아니라고 말해주고 싶은 말들.

이외에도 황용식의 훌륭한 점은 치고 빠질 때를 정확하게 알아 행동으로 옮긴다는 것이다.

동백의 감정을 지지하여 주어야 할 때 정확하게 지지하여 주고, 동백이 자신의 부정적 감정을 용식에게 전달하고자 할 때에는 그 자리를 피한다는 것이다. 받아주어야 할 때와 받지 않고 되돌려줘야 할 때를 정확히 알아서 치고 빠져주는 모습이 훌륭하다는 것이다. 여기에 질세라 동백 또한 훌륭한 면모를 가지고 있는데 그것은 자신이 상대에게 할 말은 정확하게 전달하고 있다는 것이다. 동백이 어렸을 때 자신에게 깊은 상처를 주었던 경증 치매 엄마에게 던진 한마디. "정신 돌아올 때마다 내게 뭔 짓을 했는지 기억해. 내게 한 짓 잊어버리고 천진하게 잘 지낼까 겁나. 뭐든 해 줘 봐. 나는 뭐 하나는 받아야겠어."라고 했던 말은 동백을 응원하게 만들었다. "그래, 동백아, 잘했다. 잘했어. 그렇게 해서 네 마음의 응어리가 풀린다면 그래. 잘했다. 잘했어."라고 응원할 수 있었다.

우리는 어린 시절 양육자에게 꼭 받았어야 했으나 받지 못했던 그것. 그것을 성인이 되어 배우자를 통하여 받고자 한다. 배우자를 통하여도 받지 못하면 자녀에게서 받고자 하는 무의식적 욕구와 기대를 가지고 우리는 살아간다.

그런데 여기에서 동백은 어린 시절 양육자였던 엄마에게 꼭 받았어야 했으나 받지 못하였던 보살핌, 사랑을 지금이라도 받아야겠다고 당당히 말을 하고 있다. 물론 그때 받았던 상처를 치유할 만큼의 보상은 되지 못하겠지만 그래도 뭐 하나는 받아야겠다고 하는 것을 보면 우리는 심리적인 보상을 통하여 자가 치유하고자 하는 힘 즉, 심리 회복 탄력성을 가지고 있는 것이 분명해 보인다.

여기에 황용식 엄마의 찐 대사. 아이를 양육하는 모든 엄마에게 소리쳐 들려주고 싶은 말이다. "엄마 얼굴에 그늘 들면, 아이한테도 당연히 그늘 들어. 네가 행복해야 애도 행복한 거야."
아들, 딸 장가보내고 시집보내는 부모들에게 꼭 전 하고 싶은 말도 황용식의 엄마가 전하고 있다. "동백아 내가 널 타박하면 내 자식 가슴팍이

쓰릴 텐데 내가 널 어떻게 함부로 대할 수 있겠니?"

동백꽃 필 무렵은 이렇게 치유와 성장의 드라마로서 연세 드신 분들에게는 가끔 추천해 드리는 드라마가 되었다. "죽기 전엔 꿈을 꾼다. 인생에서 가장 후회되는 순간으로 돌아가는 꿈을 꾼다. 그리고 그 마지막 꿈에서 다른 선택을 했다."라는 이 드라마의 대사처럼 다시 이야기를 쓰시라 말하게 된다. 자신의 인생 이야기 다른 선택으로 다르게 써 보시라고 추천해 드리는 드라마가 되었다.

이렇게 동백꽃 필 무렵은 치유와 성장의 드라마인 것이다. 다시 쓰는 이야기 치료의 드라마. 상처가 상대로 인하여 치유되고, 상대가 있기에 성장할 수 있는 상처 치유와 성장의 드라마인 것이다.

영화가 말하는 모신(母神)인 엄마

(영화 '마더', '결백')

마더는 2009년 5월 봉준호 감독의 영화이며, 결백은 2020년 6월 박상현 감독의 영화이다.

이 두 작품은 많은 닮은꼴을 그려내고 있다. 천륜을 그린 영화라는 것이고, 중요한 대상이 교도소에 수감 중이라는 사실이다. 타인을 살해하였음에도 불구하고 무죄로 풀려난다는 것이며, 약간은 모자란 아들과 자폐성 장애아들이 주요 인물로 등장한다는 사실이다.

그리고 '마더' 속 엄마는 약간 모자란 아들을 위하여, '결백' 속에서는 엄마를 위하여 유능한 변호사 딸이 고군분투하는 것이 그려졌다. 그래서 이 두 영화의 중심에는 모신(母神)인 엄마가 있으며, '엄마'에 대한 정의를 내리고 있다는 것이다.

그렇다고 한다면 공통분모 이 '엄마'에 대하여 영화에서는 어떻게 이야기하고 있는가?

고 임종렬 박사는 "어머니를 잘 만나면 좋은 운명의 주인이 되고, 어머니를 잘못 만나면 기구한 운명의 희생자가 된다."라고 하였다. 이 두 영화에서 절실히 보여주고 있는 대목이 아닐 수 없다. 특히, 마더에서 이 말을 뒷받침해 주고 있는데 가슴이 미어질 정도이다.

이 두 영화를 보기 전 두 분의 감독을 만나게 되는 행운이 내게 주어진다면 물어보고 싶은 것이 있었다. 첫 번째는 "엄마가 자녀에게 그런 어마무시한 대상이라는 것을 어떻게 알았습니까?", 두 번째는 "감독님이 경험한 엄마란 어떤 분입니까?" 결론부터 말을 한다면 만난다 하여도 물어볼 필요가 없어져 버렸다. 왜냐하면, 영화에서 이미 답을 들었기 때문이었다.

그렇다면, 영화에서 내리는 '엄마'에 대한 정의는 무엇인가? 다음과 같았다.

영화 '마더'에서 도준이 여고생을 살해하여 교도소에 수감 되었다. 하지만 엄마만큼은 내 아들이 살인자라는 것을 인정할 수 없었고 도저히 용납할 수 없었다. 그래서 엄마는 아들의 무죄를 증명해 보여야만 했다. 무죄 증명을 위하여 증거들을 수집하는 과정에서 고물상 노인도 관련이 있다는 것을 알게 되었다. 엄마는 곧바로 고물상 노인을 찾아갔다. 여고생 살해 사건에 대하여 이야기하던 중 노인의 입에서 도준이라는 약간 모자란 남자가 살인자라는 것을 듣게 되었다. '도준이 범인'이기에 112에 신고하겠다는 예기치 않은 돌발 상황에 엄마는 앞, 뒤 생각할 겨를도 없이 행동하게 된다. 112에 전화를 거는 노인의 뒤통수를 망치로 내리쳐서 숨지게 하고 화재로 둔갑시킨 후 엄마는 고물상을 빠져나오게 된다.

그로부터 얼마 후 엄마의 아들 도준이 교도소에서 무죄를 선고받고 풀려나오게 된다. 대신 종팔이라는 도준이 친구가 가해자로 지목되어 교도소에 수감되었다는 것을 알게 된다. 도준 엄마는 종팔이를 면회하러 갔다. 이 엄마가 종팔이를 면회하면서 던진 첫 마디가 무엇인지 아는가? 우리는 주목하지 않을 수 없다.

　도준 엄마: (아주 담담하게) "너 부모님은 계시니?"

　종팔: (부모님 계시지 않는다는 의미로 고개를 흔든다.)

　도준 엄마: (그때부터 고갤 떨구고 조용히 눈물을 흘린다. 그리고 다시 고개를 들어 눈물 어린 목소리로 재차 묻는다.) "엄마 없어?"

　종팔: (고개 끄떡끄떡.)

　도준 엄마: (이때부터 고갤 떨구며 소리 내어 운다.)

　엄마의 저 질문에 엄마에 대한 정의가 다 들어 있다는 것을 우리는 알 수 있다.

　종팔이에게 엄마라는 대상이 있었다면 없는 죄 뒤집어쓰지 않았을 것이라는 것에 대하여 엄마는 알고 있었던 것이다. 그러기에 첫 마디가 부모가 있냐는 것이었고 재차 엄마의 부재를 확인하였던 것이다. 예전에 탈주범 '지강헌 사건'으로 유명해진 말이 '유전무죄有錢無罪, 무전유죄無錢有罪'라는 말이 있었다. 즉, '돈이 있으면 죄가 없고, 돈이 없으면 죄가 있다'는 뜻으로 대한민국 사법 현실을 정면으로 비판하며 두고두고 회자 되고 있는 말이었다. 하지만, 이 마더라는 영화에서 분명히 말하고 있다. '유모무죄有母無罪, 무모유죄無母有罪' 이것이 엄마라는 것을 봉준호 감독은 정확하게 알고 있었다는 것이다. 그렇기에, 가해자인 내 모자란 아들 대신 교도소에 수감되어 있는 종팔이에게 물은 첫 마디가 "너 부모님은 계시니?" 참으로 의미심장한 질문이 아닐 수 없다.

자, 그렇다면 '결백'에서 박상현 감독은 엄마에 대하여 어떻게 정의 내리고 있는가?

딸 정인이 자신의 엄마가 범인이 아니라는 것을 증명하기 위하여 여러 증거들을 수집하는 과정에서 엄마가 범인이라는 것을 알게 되었다. 자신의 엄마가 범인인 것을 알고 난 후 왜 죽였는지 알아야만 했다. 그래야 엄마를 도울 수 있기 때문이었다. 딸 정인은 변호사 신분으로 교도소에 수감 중인 엄마를 찾아가 면회를 하게 되었다. 엄마는 변호사라는 자격으로 자신을 심문하는 사람이 딸 정인이라는 사실도 모른 채 자신의 입을 통하여 "엄마"라는 정의를 내리게 된다.

딸 정인이 아버지의 가정폭력에 더 이상 참지 못하고 이른 새벽 짐을 챙겨 서울로 가기 위하여 버스터미널로 떠나버렸다. 뒤늦게 이 사실을 알아차린 엄마가 새벽바람 가르며 딸을 찾아 나서는 길에서 정의를 내리고 있다. "새끼는 비바람이 불고 날벼락이 쳐도 에미만 있으면 돼유. 내 새끼를 내가 지키지 못했슈. 내 새끼의 아픔을 내가 몰라줬구만유."라고.

엄마는 비바람이 불고 날벼락이 쳐도 새끼 옆에 있어 주기만 해도 그 새끼를 지키게 되는 것이라고 박상현 감독도 알고 있었다는 것이다. 거기에 더하여 새끼가 겪는 아픔을 알아만 준다면 그것은 더할 나위 없는 참 좋은 엄마가 되는 것이라는 것도 알고 있었다는 것이다.

새끼는 피죽을 먹고 살아도 어미 품 안 젖가슴 속에 파묻혀 있기만 하면 되는 것이다. 그 품 안에서는 그 어떠한 세상 풍파도 무서울 것이 없고 견뎌낼 수 있는 것이라는 걸 결백에서는 말하고 있다.

'마더'에서는 엄마가, '결백'에서는 엄마를 위하여 고군분투하는 것이 그려졌다. 이렇듯이 엄마는 자녀들이 성장하는 전 과정을 아이들의 행과 불행을 만들어 주는 신의 역할을 한다. 그래서 고 임종렬 박사는 어머니를 모신(母神)이라 하였다.

　어느 날 상담실에 찾아온 20대 대학생 아들을 둔 50대 후반인 엄마가 내게 물었다. "엄마의 역할은 어떻게 하는 것인가요?" 나는 주저하지 않고 이 두 영화에서 보여주는 엄마에 대하여 이야기하여 주었다. '마더'에서의 엄마 역할은 무엇인가? 이 세상 모든 사람이 내 아들에게 죄인이라 손가락질하여도 단 한 사람 엄마만은 자식을 믿어주고 신뢰하는 것이다.

　'결백'에서의 엄마 역할은 무엇인가? 새끼가 밖에 나갔다가 비바람 맞고 날벼락 맞아 너덜너덜 만신창이 되어 찾아와도 나무라지 않고 따뜻하게 안아주는 것. 그냥 옆에만 있어 주면 된다고 하지 않은가. 이것이 새끼의 아픔을 알아 어루만져주는 것이고, 이 험한 세상에서 자식을 지켜내는 것이라고 하지 않은가.

　이 두 영화에서 내린 정의가 바로 엄마가 자녀를 위하여 할 수 있는 최고의 멋진 역할인 것이다. 어떤 대단하고 거창한 것이 엄마의 역할이 아닌 것이다. 무엇을 가르치려 하고 엄마의 가치관을 주입 시키려 하며 어른의 눈높이에서 옳고 그름을 이야기하는 것이 부모가 아니고 엄마가 아닌 것이다. 부모라는 이름으로 엄마라는 이름으로 자녀를 통제하려 하는 것 역시 엄마의 역할이 아니라는 것이다.

　자식을 "있는 그대로 바라봐 주고 그 자리에 있어 주고 믿어주고 신뢰하는 것" 엄마라는 이름으로 우리의 자녀를 이렇게만 양육할 수 있다면 우리 자녀들은 살아있음을 즐길 수 있게 되는 것이다. 더불어 안전감을 느끼고 행복하게 살아갈 힘을 이 엄마에게서 얻어내는 것이다.

이것이 엄마 바로 모신(母神)인 것이다.

나쁜 엄마이면 속 감춰진 좋은 엄마

(드라마 '나쁜 엄마)

　나쁜 엄마라는 드라마가 얼마 전 14부로 막을 내렸다. 허구가 많은 드라마에 매력을 느끼지 않은 사람이었기에 드라마 보는 것은 내게 흔한 일은 아니었다. 그러던 어느 날 아이들이 나쁜 엄마에 대한 호평을 하기 시작하였다. '어라, 그래! 그럼 한 번 봐 볼까.'라는 호기심이 발동하여 보게 된 드라마였다.

　보는 동안 강호 엄마의 진짜 마음은 가려진 채 나쁜 엄마로 서 있을수밖에 없는 모습이 안타깝다 못해 속이 쓰려왔다.

　아빠의 부재에 대한 감정 표현은 억압하였고, 우수한 성적으로 자신을 대변하게 하였다.

　그림에 소질이 있는 걸 용납하지 않았고, 식욕 욕구에 대하여 무참히 외면하였다. 아파하는 걸 볼 때에는 더 강하게 해야 했고, 넘어져도 일으켜 세우는 법이 없었다. 무서워할 때에도 안아 주는 법은 없었고, 그 어떠한 칭찬이나 격려 따윈 사치에 불과했다. 다들 가는 소풍은 그림의 떡이었고, 그 어떠한 실수도 허락하지 않았다. 그래서 나쁜 엄마였다. 그런데 아들은 알고 있었다. 지독하고 차갑고 냉기가 도는 엄마 이면에 자신의 가슴팍을 때리며 눈물 삼키는 엄마라는 것을. 목숨을 바쳐도 아깝지 않을 만큼 아들 자신을 아끼고 사랑하고 자랑스럽게 여기고 있다는 것을.

우리는 우주 안에 분리되고 독특한 존재로 살아가고 있으나, 그 이면에 연결되어 있는 것처럼 엄마와 아들은 연결되어 있었던 것이다. 그 안에서 서로가 서로를 말없이 그리워 한 채로 말이다. 그것을 말없이 알고 있었으니 아들도 참 대단하다 하겠다.

이 드라마에서는 강호 엄마만이 나쁜 엄마인 것은 아니었다. 바로 삼식과 미주 엄마 역시 나쁜 엄마였다.

삼식: 지 엄니 사랑도 차고 넘친디 옆집 아줌니까지 환장을 혔네 환장을 혔어. 아들 생일엔 방앗간 바쁘다고 미역국 한 번을 안 끓여 주더니, 강호가 서울대 입학혔을 땐 아예 방앗간 문까지 닫고 잔치상을 차려줬잖여.
삼식 모: 잘난 놈 옆에 있으면 모지라 같은 내 새끼 뭐 하나 주워 먹을까 싶어 가지고 내가 드럽고 아니꼬워도 참고 살았어. 내가 그렇게.(소리 내며 울음)

그렇다. 잘난 놈 옆에 있어서 하나 떨어지는 떡 고물 내 아들이 받아먹게 하려고 그 설움마저도 참고 살았다는 엄마의 가슴 절절한 고백에 눈물을 아니 흘릴 수 없었다.

딸이 가게 하나 내 달라 요청했을 때는 모른 척하더니 땅이란 땅은 다 팔아서라도 조지려는 딸 인생을 펴보게 하려는 엄마도 있었다.

미주 모: 예전에 옷가게 하나 내 달라고 혔지? 내가 해줄 테니께 가게 한 구퉁

이에 네일 숍 자리 하나 만들어. 마늘밭이건 뭐건 싹 다 팔아서 내 줄 테니께 니가 미주랑 쌍둥이랑 책임지고 데꾸가 여기 있다가는 신세 조질 판이여.

그러면서 언니랑 이야기 다 끝났다고 하는 엄마였다. 이 엄마에게 땅이란 하찮은 것이었을까. 아니다. 그 무엇과도 바꿀 수 없는 생명수였고 생명줄이었다. 그런데 딸 인생을 위하여 팔겠다고 한다. 남자 잘못 만나 병 수발만 하다 인생 조질 것 같고, 작살날 것 같은 딸을 위하여 내놓겠다고 하는 것이다. 이보다 더 큰 엄마의 사랑이 어디 있겠는가. 엄마의 깊고 깊게 패인 주름살마냥 자식 위한 사랑 앞에 눈물이 왈칵 쏟아졌다. 이보다 더 귀한 것이 어디 있단 말인가.

여기에 등장하는 이 엄마들이야 말로 "그려, 내가 니 엄마다. 어쩔래." 라고 당당하게 말 할 수 있을 것 같다. 내 자식 못났다며 등 때리고, 신나게 욕하여도 그 속마음엔 빛이 나고 가슴 절절한 모정이 숨 쉬고 있는 드라마였다. 이 나쁜 엄마라는 드라마 속에서 내가 찾은 것이 바로 이 보석이었다.

나쁜 엄마 뒷면에 가려진 충분히 좋은 엄마라는 자리. 세상의 그 무엇과도 바꿀 수 없는 생명수 엄마. 이런 엄마를 둔 자식이라면 나쁜 길로 빠지라 빌고 빌어도 나쁜 길로 빠지는 자식은 없다. 설령 나쁜 길로 빠진 자식이 있다 하여도 어느 순간 돌아오는 것이다. 엄마의 품 안으로. 이것이야 말로 자식을 향한 일편단심 엄마의 사랑이고 힘이 아니겠는가.

"외롭고 힘든 시간 견딜 수 있었던 것은 충분히 좋은 엄마라는 대상이 있었기 때문이고, 땅바닥에 무릎 꿇으며 용서 청할 수 있었던 용기는 자식이라는 대상이 있었기 때문이었다."

　　나의 모든 것을 주어도 아깝지 않은 것. 나의 심장까지도 아프다는 자식 위해 떼어 줄 수 있는 사랑 그것을 우리는 모성애(母性愛)라 부른다.

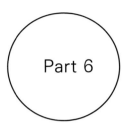

Part 6

일 상 편

고양이에게서 배우는 모성애와 부성애

지방에 사는 절친 부부가 직접 경험한 것을 나에게 전해 준 사연이다.

20년 5월 어느 금요일 아내는 새벽 5시에 남편을 출근시킨 후 잠이 오지 않아 뉴스를 보면서 커피를 마시고 있었다. 그때 밖에서 아기 울음소리가 났다. '이 새벽에 밖에서 울 아기가 없는데…'라고 생각하며 더 듣고 있자니 그 울음소리는 아기가 우는 게 아니라 고양이가 우는 소리였다.

그로부터 2~3시간이 흐른 후 아내는 남편으로부터 전화를 받았다. 관광 대형 버스를 운전하는 남편이 도착 장소에 차를 세우고 세차하기 위하여 버스를 향해 호스를 대고 물을 뿌렸다. 그런데 그때 무슨 시커먼 물체가 버스 후면 아래에서 "야옹" 하면서 툭 떨어졌다. 떨어진 물체는 다름 아닌 갓 태어난 고양이 새끼였다.

남편이 아내에게 전화한 이유는 '고양이 새끼인데 버려야 되지 않겠냐.'면서 의견을 묻고자 전화를 한 것이었다. 아내는 그때 무슨 생각에서 그러했는지 모르겠으나 '버리면 안 된다.'면서 박스에 담아 와서 고양이 부모에게 돌려줘야 한다고 했다. 아내는 아마도 새벽에 울부짖던 고양이의 그 울음소리가 예사롭지 않게 느껴졌던 것 같다고 하였다. 아내에게 그 말을 듣게 된 남편은 박스를 구하여 그 안에 새끼 고양이를 넣어 두었다.

그리고 그날 밤 10시 넘어 퇴근하였고 고양이 새끼가 들어 있는 박스를 쓰레기통 옆에 두었다.

잠시 후 어디에선가 흰 고양이가 나타나 주변을 두리번거리면서 박스 안에 있는 새끼 고양이를 지켜보았다고 한다. 그것을 지켜보던 남편이 흰 고양이가 새끼를 물어갈 수 있도록 박스를 옮겨 두었더니 어디에선가 검정고양이가 나타나 새끼 고양이를 물고 갔다고 한다. 여기까지 이야기를 듣고 있자니, 내 마음 깊은 곳에서 무언가 뜨거운 것이 올라왔다.

생명.

숭고하고 감동적인 애착의 본질….

모성애와 부성애.

잠시 후 친구는 이야기를 마저 내게 하여 주었다. 새끼 고양이를 어디론가 물고 갔던 검정고양이는 남편이 있는 곳으로 다시 돌아왔다. 그런 다음 남편이 집에 들어갈 때까지 그 자리를 지키고 있었다고 한다.

아마도 자신의 새끼를 안전하게 데리고 와 준 것이 고마워 나름 감사의 표현인지도 모르겠다.

그 아내가 새벽에 들었다던 고양이의 예사롭지 않은 울음소리는 새끼를 잃어버린 어미의 처절한 통곡이었던 것 같다. 나는 고양이 부모가 새벽 5시부터 밤 10시 넘어서까지 잃어버린 새끼 찾아 울부짖으며 헤매고 다녔을 걸 생각하니 마음이 저려왔다. 그러다 늦은 밤 대형 버스가 도착하고 자신의 새끼 고양이가 안전하게 돌아온 것을 알게 된 후 고마운 마음에 남편이 집에 돌아갈 때까지 그 자리를 지켰으리라. 자신의 새끼를 사랑하는 그 마음 부창부수가 따로 없다.

이렇듯 동물도 자신의 새끼를 애지중지 키우는데 하물며 우리는 어떠한가?

우리는 아동 학대 사건을 심심찮게 접하고 있다. "울음소리가 짜증난다."라는 이유로 20개월 의붓딸을 다리가 부러질 정도로 때려 숨지게 한 사례.

10살짜리 조카에게 귀신이 들렸다며 강제로 욕조 물에 집어넣어 '물고문'을 하는 등 심하게 폭행해 숨지게 한 이모와 이모부 사례.

분유를 토한다는 이유로 생후 2주 아들을 내던진 20대 부부 사례.

잠을 안 잔다며 생후 29일 된 딸을 반지 낀 손으로 때린 20대 친부 사례.

양부모의 오랜 학대로 숨진 '정인이 사건' 등 아동 학대 사건은 사회적으로 큰 파장을 일으켰으며 우리를 슬프게 하였다.

우리는 고양이 사례에서 동물임에도 불구하고 자신의 새끼에 대한 보호 본능을 일으키는 모성애(母性愛)와 부성애(父性愛)를 보았다. 자신의 새끼를 안전하게 보호하고 보살피려는 부모로서의 본능적인 사랑은 인간이나 동물이나 차이가 없어 보인다.

그럼에도 불구하고, 인간은 적어도 동물보다는 더 나아야 된다고 생각하고 기대하는 것은 나의 편협한 사고일까? 아무리 시대가 바뀌고 세월이 흘러가도 부모로서 갖는 본래의 책임은 자녀들의 <안전과 생존>인데 정말 통탄할 일이다.

기브 앤 테이크

내가 초보 상담사로 활동하였을 때 일이니 지금으로부터 이십 년이 훌쩍 지난 일이다. 토요일이면 슈퍼바이저 급 교수님들의 강의를 듣기 위하여 분주하게 다닐 때였다. 그날도 가족치료 전문가이신 모 교수님의 특별 강의를 듣기 위하여 집에서 거리가 있는 곳까지 달려갔었다. 그곳에는 예비 상담사 및 임상 현장에서 뛰고 있는 상담사들이 강의실을 가득 메우고 있었다. 모두들 서로 모르거나 알아도 가볍게 알고 있는 정도이니 친하게 느껴지는 분위기는 아니었다. 물론 나도 그곳에 아는 얼굴이 단 한 사람도 없었다. 교수님 외에는.

강의 시작 바로 전 교수님이 도착하셨고, 제 시간에 시작할 수 있었다. 나는 하나라도 놓칠세라 제일 앞자리에 앉아 열심히 노트하며 들었다. 그런데 내 옆에 앉아 있는 분은 MP3로 녹음까지 하면서 듣고 있는 것이 아닌가. 지금 라이브로 듣고 나중에 녹음된 내용을 또 듣겠다는 것이기에 그분의 준비성에 놀라웠다. 그리고 부러웠다. 그래서 조심히 옆자리에 앉아 있는 그분에게 말을 걸었다.

나: "선생님. 저 죄송한데 교수님 강의 녹음하고 계시잖아요. 혹시, 괜찮으시다면 제가 나중에라도 녹음 파일 받아보고 싶은데 받아볼 수 있을까요?"

○○: "맨입으로?" (한 치의 망설임 없는 즉답으로 답하였다.)

나: (급 당황함을 감추고) "제가 점심 살게요."

○○: (쿨 하게) "좋아요."

이렇게 하여 우리는 점심을 같이 먹을 수 있었고, 차후 교수님의 강의 녹음 파일을 메일로 받아 볼 수 있었다.

집에 와서 이분의 '세상에 공짜는 없다'는 것에 대하여 한참을 생각해 보는 시간을 가졌다. 나라면 어떻게 하였을 것 같은지부터 시작하여 그분의 대처 방법까지.

나였다면…. 나였다면…. 나였다면…. 나였다면….

처음 본 사람이 옆자리에 앉아서 내게 무언가 요청하였을 때, 썩 내키지 않아도 "알겠다."고 100% 대답할 사람이 나였다. 거기에 따른 보상으로 "맨입으로?" 이런 말을 100% 하지 못하는 사람 역시 나라는 것도. 그분처럼 옆구리 찔러서라도 절을 받아야 된다는 생각 자체를 하지 못하는 사람도 나라는 것을 알고 있었다. 여기에 대하여 단 한 번도 불만을 갖거나 이런 나에 대하여 원망을 가져본 적도 없었다. "좋은 것이 좋은 것이다."라는 사고에 머물러 있었던 때였으니까. 좋은 것이 누구를 위한 좋은 것인지도 모른 채 말이다. 나에게 좋은 일이 아니어도 상대에게 좋은 일이면 좋은 것이라는 사고였으니 두말하면 잔소리가 될 것이다.

그런데 어느 순간 생각의 끝은 그분의 대처가 "옳았다."로 가닥을 잡아가고 있었다. 대가지불하겠단 말없이 요청만 하니, 유머러스하게 "맨입으로"라고 해준 그 선생님에 대한 감사함마저 들었다. 만약, 나의 대처처럼 상대가 요청해서 수락하였다면, 마음 한구석에는 뭔지 모를 개운치 않은 마음의 찌꺼기가 있을 것 같았다. 남의 수고에 대하여 합당한 값을 치르지 않고 가져올 때 상대 역시 개운할 것 같지 않았다. 역시 옛말이 틀리지 않았다. "옆구리 찔러 절 받기" 이 말이 무슨 말이겠는가. 옆구리를 찔러서라도 거기에 합당한 절을 받게 되는 것이니 마음에 남겨질 찌꺼기는 없을 터였다.

그러하였다.

우리는 남의 수고를 공짜로 얻을 수는 없는 일이었다. 남의 수고로 인하여 내가 무언가 취하였다면 그만한 대가는 지불하여야 맞는 것이다. 상대가 지불할 것에 대하여 모른다면 옆구리 찔러서라도 받아야 하는 게 억울함이 남지도 않을 터였다. 받지 않아도 억울함이 남지 않을 사이라면 까짓것 굳이 옆구리 찌를 필요는 없겠지만 말이다. 그래야 내 마음이 평온하고 잔잔하며 뒤끝이 없는 것이다. 그래야 그 사람을 잃지 않고 오래도록 보며 살아갈 수 있는 것이다. 사람을 잃지 않는 방법 중 하나가 바로 이것 심리적 채무자와 채권자로 나뉘지 않고 균형 감각을 유지하는 사귐일 것이다.

우리는 관계를 하다 보면 심리적 채무자와 채권자로 나뉘게 되는 경우가 가끔 있다. 대가에 대한 지불 없이 녹음 파일을 받았다면 나는 심리적 채무자가 되는 것이다. 그분은 보상 없이 녹음 파일을 전달했다면 내 앞에서는 심리적 채권자가 되는 것이다. 물론, 앞으로 볼 사람이 아니기 때문에 메일로 보내주고 안 보면 그만일 수도 있다. 하지만 사람일은 모를 일이다.

원수는 외나무다리에서 만난다고 하지 않던가. 나중에라도 마음 저변에 존재할 수 있는 불편함을 미리 차단함으로서 서로 빚진 마음이 없는 관계로 만들어내는 것. 부채를 만들어내지 않는 것. 이보다 더 좋은 관계가 있을까 싶다.

생각의 끝에서 얻어낸 결론은, 그분에게 나는 이렇게 요청했어야 되었다는 것을 깨닫게 되었다. "선생님. 제가 점심 살게요. 혹시, 괜찮으시다면 제가 나중에라도 녹음 파일 받아보고 싶은데 받아볼 수 있을까요?"

이런 심리적 역동을 이해하고 보니 그분의 대처가 옳았다는 생각을 하게 되었다. 그리고 이런 깨달음을 얻게 해준 그분에게 감사함이 올라왔다. 그 일이 있은 이후 나의 관계 패턴에도 변화가 일어났다. 조건 없는 사랑을 베풀만한 관계에서는 충분히 대가 없이 나를 내어 주었다. 하지만, 보상의 심리가 작용할 만한 관계에 있어서는 거기에 따른 보상을 받고 내어 주게 되었다. 때로는 반대의 경우도 생겨났다. 나와의 관계가 그럴만한 관계가 아님에도 불구하고 상대가 몰라서 내게 내어줄 때도 있었다. 그럴 때 나는 거기에 따른 보상을 알아서 제공해 줌으로써 관계의 균형이 깨지지 않도록 하였다. 이렇게 하다 보니 관계에 균형이 잡히고 더 돈독하여지면서 신뢰가 형성되었다.

일방적으로 받기만 하려 하는 사람도 문제지만, 주기만 해서 나중에는 마음이 상해지는 사람들을 종 종 만나게 된다. 그래서 세상에 공짜란 없는 법이다. 옆구리 찔러서라도 절은 받아야 되는 것이며, 이것이 바로 1958년 조지 호만스가 처음 발표한 사회적 교환 이론의 하나인 것이다.

돈으로도 살 수 없는 귀한 경험

대학 때 친구가 상담실 근처에 조그맣게 백반집을 오픈하게 되었다. 친구의 남편은 지방에서 근무하고 있고, 자녀들 역시 따로따로 분가해 살다 보니 자기 옆에는 나밖에 없다며 너스레 떨기 일쑤였다. 이런 상태였기에 어디엔가 정신 쏟을 곳이 필요하다 하였다. 계획 없이 갑자기 오픈하게 된 식당인지라 친구는 종업원 구하는 게 쉽지 않다고 하였다. 더더군다나 코로나19 상황을 직격탄으로 맞은 상태라 손님의 발길이 뜸하였다. 그나마 점심시간에만 손님이 좀 있는 상태였다. 이렇다 보니 점심시간 3, 4시간만 와서 일해 줄 종업원이 필요했으나 찾기 힘들다 하였다.

어느 날 친구가 내게 조심스럽게 물어왔다. "○○아. 네게 이런 말 할 처지도 아니고 할 수 없는 말인데 하게 돼서 미안해. 정말 미안해. 그런데 할게. 미안하지만 종업원 구할 때까지만 점심시간 설거지 좀 해주면 안 될까? 12시경 와서 2시까지만 해주면 될 것 같은데. 알바비 챙겨줄게." 알바비 문제가 아니었다. 나는 그 시간만큼은 상담을 예약할 수 없는 문제였고, 월요일부터 토요일까지 내게는 무리수가 따랐다. 또 외부 출장이 있는 날은 어떻게 할 것인가? 나도 머릿속이 복잡하였다. 모른 척하기엔 친구의 사정이 딱했다. 머리가 아파 왔다. 나는 생각 좀 해 보자고 말을 한 후 그 자리에서 일어났다.

이 일은 내게 큰 고민거리가 되어 주었다. 친구를 모른 척하자니 야속할 것이고, 따르자니 나의 손실은 불 보듯 뻔하였다. 그러나 도와야지 돕지 않고 어찌 친구라 할 수 있겠는가.

결국에 나는 12시 10분 전에 친구의 식당에 도착하여 앞치마를 걸치고 발목까지 오는 장화를 신은 후 부엌으로 들어갔다. 싱크대 안에는 산더미처럼 쌓여 있는 설거지가 가득하였다. 고개 들 여유가 없었다. 설거지하는 동안에도 도둑이 제 발 저리듯 행여 손님들이 얼굴을 알아볼까 싶어 마스크를 코 위까지 올려 썼다. 꼬박 1시간 이상을 허리 한 번 펴지 못하고 설거지에 열중하였다. 음식 조리하고 서빙 하는 것은 친구의 몫이었다. 친구는 빠릿빠릿하게 움직이고 뛰어다녔다.

손님도 어느덧 하나둘 빠져나가고 나면 친구와 단둘이 남아 식사를 할 차례였다. 친구가 분주하게 둘이 먹을 찬을 나르고 찌개를 끓였다. 밥한 술 뜨려고 하는데 밥이 들어가질 않았다. 이때 친구가 맥주 한 병을 가지고 나왔다. "○○아, 밥이 들어가지 않을 거야. 맥주 한 모금 하고 밥 먹어봐. 그럼 밥이 넘어갈 거야." 맥주 한 모금을 들이켰다. 그랬더니 정말로 밥한 술이 떠졌다. 이런 일상을 한 달 하고 두 달 가까이 할 무렵 겨우 종업원을 구할 수 있었다.

허리 한 번 펴지 못하고 노동을 한 후에 뜨게 되는 밥은 바로 밥숟가락이 들어가지 못한다는 것을 알게 되었다. 지친 몸을 시원하게 풀어 주고 난 후라야 밥이 들어갈 수 있다는 것도 알게 되었다. 이 알아차림은 나의 상담에까지 큰 깨달음으로 이어졌다.

우리는 공사장이나 노동판, 또는 그에 종사하는 사람에 대하여 노가다 꾼이라고 표현을 한다. 이분들이 일하시는 곳을 종 종 지나칠 때면 막걸리 병이 흩어져 있는 것도 심심찮게 보는 경우도 많았다. 그리고 식사 전 항상 술 한 잔 먼저 드신 후 밥숟가락 뜨는 것도 많이 봐 왔다. 어디 이뿐이랴. 바쁜 농사철 새참 들고 나가시는 어머니들을 보게 되면 항상 막걸리가 있었고 막걸리 한잔 들이키고 난 후 수저를 드셨는데 그 이유가 여기에 있었다는 것도 알게 되었다.

상담실에서 남편에게 잔소리처럼 해 대는 아내의 말이 내 귀를 때리기 시작하였다.

"아니요 이 사람은 술 귀신이 들었다니까요. 글쎄 선생님 제 말 좀 들어보세요. 맨날 술을 찾아요. 힘들게 일하고 왔으면 밥을 먹고 잠자리에 들면 좋잖아요. 그런데 술 먼저 찾아요. 꼭 술을 먼저 마시고 나서 밥을 뜬다니까요. 도대체가 술을 마시지 못해서 귀신이 붙었나, 원." 그런데 술 마시고 싶은 귀신이 붙었던 것이 아니었다. 술 먼저 마셔야 만이 그 다음 밥이 넘어가기 때문에 술 먼저 한 모금 하였던 것이다. 몸이 밥을 받아들이지 못하는 것을 어찌 고된 노동을 해 보지 않은 이가 알 수 있을 것인가. 허리 한번 펴보지 못하고 노동의 땀을 흘려보지 않고서는 술 먼저 들어가야 함을 모르는 것이다.

그런데 나는 친구의 요청으로 친구들 돕는다고 하였던 그 노동에서 돈으로도 살 수 없는 비밀 하나를 알게 되었던 것이다.

신성한 노동의 비밀을….

시원하게 몸의 긴장 풀어줄 그 무언가가 먼저 들어가야 밥 한 숟가락을 겨우 떠 넣을 수 있는 엄청난 비밀을….
돈으로도 살 수 없는 너무나 귀한 깨달음에 감사 할 따름이다.

친구야! 고맙다. 너무 너무 고맙다.

심리적 부채 상환

　　모 기관 상담 실장과 센터의 장으로 겸임하고 있을 때인 약 20년 전에 있었던 일이다.

　　어느 요일 아침. 모 검진센터에서 이동 검진 차량을 끌고 전 직원들 대상으로 건강 검진하기 위하여 기관 마당에 자리를 잡았다. 건강 검진을 위하여 아침 금식하였기 때문에 빨리 끝내고 무언가 먹거나 업무 할 생각으로 다들 빠르게 기관 마당으로 모여들었다.

　　나 역시 몇몇 직원들과 함께 줄을 서서 차례가 오기를 기다리고 있었다. 삼삼오오 기다리면서 주변에 있는 동료들끼리 이런저런 이야기를 나누었다. 이때, 한 남자 직원(그 당시 직원의 나이가 20대 중반으로 기억함)이 "아침에 엄마가 밥 차려 놓고 밥 먹으라고 하였는데 안 먹고 왔더니 배가 고프네요."라고 하는 것이 아닌가. 직원의 그 말을 듣고 나도 모르게 농담 반, 진담 반으로 그 직원에게 한마디 툭 던졌다. "야, 이 싸가지 없는 새끼야? 이른 아침부터 엄마 힘들게 밥 차리게 하냐? 어제 퇴근하고 집에 가서 '엄마, 나 내일 건강 검진이 있어서 아침밥 안 먹어요.'라고 한마디만 했어도 엄마가 아침 일찍부터 일어나서서 밥 차리지 않았을 거 아냐. 이거 아주 싸가지가 없네. 그러고도 네가 자식이냐? 싸가지 없네. 새끼야 엄마에게 잘해." 이 말을 하고 난 나는 '어머, 지금 내가 무슨 말을 한 거야?' 내 자신이 너무나 당황스러웠다. 얼른 주워 담고 싶었다. 주워 담을 수 있는 것을 버린 휴지조각이었다면 말이다.

그런데 급반전이 일어났다.

보통 이런 상황이라면, "나에게 왜 막말을 해요? 실장님이 뭔데 나에게 욕을 해요?"라고 해야 할 것 같았는데 이 직원의 다음 말이 나를 더욱 더 당황하게 만들었다. "실장님. 아! 우리 실장님 너무 멋져. 나 오늘부터 우리 실장님 편 됐어."라고 하는 것이 아닌가? 이 무슨 시추에이션. 이 일이 있은 다음부터 이 직원은 나를 보면 환해진 얼굴로 인사를 한다던지 커피를 뽑아준다던지 하였다. 이 직원의 행동은 거짓된 행동이 아니라 진실된 행동이었다.

참, 의아했다.
직장 상사에게 개인적인 일로 듣지 말아야 될 말(욕)을 들었는데도 그것이 기분 나쁜 것이 아니라 긍정적인 요소로 받아들여졌다는 것이 나를 더 당혹스럽게 하였다. 나중에 들은 이야기였지만 이 직원의 엄마는 신체장애를 가지고 있다고 하였다.

그래서 이 직원의 심리 역동을 들여다보니 이 직원은 몇 가지 방어기제를 사용하면서 자신의 엄마에게 가지고 있던 심리적 부채를 상환하였던 것이다.

우리가 금융기관이나 개인에가 빚을 지고 있었다고 생각 해 보자. 상환 독촉을 받고 있지 않는다 하여도 계속 빚을 지고 있다는 것은 마음을 힘들게 한다. 빨리 상환해 버리고 홀가분하게 살아가고 싶은 것이 인간의 본심이다. 그런데 이 직원의 마음 안에서는 엄마에게 빚진 마음을 상환할 방법은 없고, 계속 부채만 쌓여 가고만 있는 상황이었던 것이다. 마침 이때 누군가가 '엄마를 왜 힘들게 하느냐?' 면서 자신을 향하여 욕을 하여 주었다. 그렇잖아도 엄마에게 무척이나 미안한 마음을 가지고 있었는데, 그런 자신을 향하여 욕을 하여 주자 엄마에게 가지고 있었던 미안함이 욕먹은 양 만큼 감소가 되었던 것이다.

즉, '왜 엄마를 힘들게 하느냐'고 먹었던 욕은 욕으로서 기능을 한 것이 아니었다. 그것은 엄마에게 가지고 있던 심리적 빚을 탕감하게 만들어 준 상환의 의미로 기능을 한 것이었다.

그것을 직장 상사를 통하여 엄마에게 빚진 마음을 얼렁뚱땅 상환하게 되었으니 어찌 그 상사가 고맙지 않았겠는가! 정말 '열 길 물속은 알아도 한 길 사람 속은 모른다.'는 말이 딱 맞는 말이다. 이렇게 한 사람의 심리적 역동을 이해하게 되면 어떤 측면에서는 이해가 되고 고개가 끄떡 끄떡 해지는 일이 생겨나는 것이다.

욕을 하고도 고맙다는 말을 듣게 되는 것처럼….

안전의 욕구

2018년 10월 국제 이마고 컨퍼런스가 볼티모어 시티에서 열렸다. 나는 지인과 함께 컨퍼런스가 진행되는 동안 호텔에 머물며 참석하였다. 컨퍼런스가 끝나는 마지막 날에는 한국으로 돌아가야 하는 일정상 각자 보내기로 하였다. 나의 지인은 리치몬드에서 오신 분이었기에 그곳으로 돌아가셨다. 홀로 남게 된 나는 하룻밤만 보내면 되기에 호텔보다는 에어비앤비에서 숙박하기로 하였다. 호텔은 1박에 $200(이 금액도 사전 등록했을 때), 에어비앤비는 1박에 $70(세금 및 청소비 포함)이었다. $130이나 절약할 수 있다는 것과 에어비앤비를 한 번 경험해 보고 싶다는 호기심이 발동하였기 때문이었다.

내가 택시를 타고 찾아간 곳은 동네 집 자체가 다닥다닥 붙어 있었으며 약간은 우범지역 같은 곳이었다. 숙소 앞 택시에서 내리면서 누군가의 강한 시선을 느낄 수 있었다. 그 시선은 나와 눈이 마주쳤는데 나를 째려보는 듯 보고 있던 몸집이 큰 흑인 남성이었다. 하루 묵을 집 바로 옆집에 있던 사람이었는데 눈이 마주친 순간 그는 현관문을 닫아버렸다. 그때부터였다. 불안이 올라오고 두렵고 무서움이 엄습해 오기 시작한 것은….

모든 인간은, 어느 장소에 들어갈 때나 어떤 사람을 만나게 될 때 우리의 오래된 뇌는 안전한가, 안전하지 않은가에 대하여 즉시 알기를 원한다. 그것은 인간의 오래된 뇌에 의한 기본적인 반응이다. 그래서 안전하다 느낄 때 우리의 오래된 뇌는 방어적인 태세에 쓰일 에너지를 사용하지 않게 된다. 반면, 안전하지 않다 느낄 때면 방어를 하게 되면서 긴장의 끈을 놓을 수 없게 되는 것이다. 안전하다 느낄 때까지.

그런데 국내도 아니고 언어 소통도 자유롭지 않은 낯선 이국에서의 이 상황은 나의 오래된 뇌, 번연계가 위험하다고 내게 신호를 보내고 있었다. 나의 신체적 감각은 떨고 있었으며, 나의 마음은 불안으로 인하여 잔뜩 겁을 집어 먹고 있었다. 억지로 태연한 척하였으나 두려워서 휘청거리는 다리로 현관문을 열고 집 안으로 들어갔다. 짐은 두, 세배로 무겁게 느껴졌다.

1층 현관문을 열고 들어가니 조그만 거실이 나왔다. 거실을 지나자 주방이 있었다. 그 주방을 지나가야 2층으로 올라가는 계단이 있는 동선이었다. 2층엔 두 개의 룸과 화장실, 욕실이 있었다. 2층 욕실 옆을 지나면 3층으로 올라가는 계단이 있었다. 계단을 통하여 3층으로 올라가면 한 개의 룸과 화장실 그리고 욕실이 있는 구조의 작은 집이었다. 전화상으로 집주인은 나에게 3층을 사용하라 하였었기에 3층으로 올라갔다. 2층엔 누군가가 한 명이 더 있다고 전해 주면서 장기 투숙하는 분이라고 하였다.

숙소를 향해 가기 전 나는 심한 두통으로 인하여 편의점에서 진통제를 구매하여 이미 먹었던 상태였다. 그런데 더 아파오는 것은 2층 투숙객이 흑인 남성이면 어쩌나 라는 불안감이 더 증폭되고 있어서인 것 같았다. 이런 상황이 나에게 불안과 두려움 그리고 무서움이란 감정을 불러일으켰다.

나를 째려보는 듯 쳐다보다 눈이 마주쳤던 사람이 흑인 남성이었기 때문에 '흑인 남성은 무서워'라는 공식이 내 뇌에 박혀버린 것 같았다. 그날만큼은.

그래서 이 무서움, 두려움, 불안은 흑인 남성과 오버랩되면서 더 더욱 긴장을 누출 수 없게 만들었다. 호텔에 비하여 훨씬 저렴하다는 것도 나의 무모한 호기심도 이때만큼은 그 어떠한 위안도 매력적이지도 않았다. 시간이 지나도 택시에서 내릴 때 마주쳤던 흑인 남성의 그 눈빛은 내 뇌리에서 떠나지 않았다. 무슨 나쁜 일이 생긴다면 언어도 자유롭지 않은 곳에서 어떻게 해야 할지 상상의 나래만 펼쳐졌다. 도저히 룸 밖인 3층 계단에 있던 욕실에는 갈 자신이 없었다.

째깍 째깍 시간은 밤 8시가 넘어가고 있었다. 호텔 조식이 입에 맞질 않아 조금 먹은 것 외에는 하루 내내 굶은 상태였다. 2층에서는 문 열고 닫히는 소리가 들렸으나 점점 잠잠해졌다. 무얼 좀 먹을까? 말까? 무서운데 말아? 먹어? 한참을 고민하다 무엇을 좀 먹어야겠다는 생각에 컵라면과 샌드위치를 들고 1층으로 내려갔다. 그리고 나의 담(겁이 없고 용감한 기운)도 테스트해보고 싶은 무모함도 있었던 것 같았다.

물을 끓이기 위하여 가스레인지를 이리저리 돌려 보아도 방법을 몰라서인지 아니면 불안해서인지 켜지진 않았다. 할 수 없이 그릇에 물을 담아 전자레인지에 돌렸다. 그리고 끓은 물을 꺼내어 컵라면에 붓고 샌드위치도 조금 따뜻하게 데웠다. 그런 다음 도둑고양이처럼 조심스럽게 계단으로 올라오려는 찰나 샌드위치가 담긴 접시를 바닥에 떨어뜨리고야 말았다.

그 순간 나도 모르게 반사적으로 2층을 쳐다보게 되었다. 2층에서는 그 어떠한 반응도 일어나지 않았다. 안심 반 불안 반으로 컵라면을 쏟지 않은 것에 대하여 감사해야 했다. 떨리는 손으로 겨우 겨우 떨어진 샌드위치를 쓸어 담아 3층까지 올라왔다. 올라온 나는 두려움과 불안에 떨며 컵라면을 겨우 먹을 수 있었다. 컵라면을 먹고 난 후 또 다시 용기를 내어야 했다. 문을 빼꼼히 열어 아래층을 내려다본 다음 잽싸게 문밖으로 나가 욕실로 들어갔다.

머리 감고 샤워하자마자 물기 닦지도 않은 채 옷을 대강 걸쳐 입고 룸으로 고속 직행하였다.

잠시 후 2층에서는 문 열고 바스락거리는 소리가 들렸다. 무서웠다. 문을 잘 잠갔는지 확인하고 또 확인하였다. 그리고 억지로 잠이 들기를 청하였다.

눈을 떴다. 아침인 것을 확인한 순간 나도 모르게 '아…. 밤새 내 무사했구나.'라면서 가슴을 쓸어내렸다. 그리고 안심이 되었다. 이 안심은 가지고 있던 사과 하나를 먹을 수 있을 만큼의 여유도 안겨주었다. 그리고 어제 콜택시가 6시에 집 앞에 오기로 되어 있었기 때문에 서둘러 나갈 채비를 하였다.

씻고 챙기고 옷 갈아입고 시간을 보니 6시가 넘어있었다. 이제 3층에서 2층으로 그리고 1층으로 내려가야만 했다. 3층 룸 밖으로 나와 보니 2층과 1층에 불이 켜져 있었다. 켜진 불을 보자 안심은 잠시 머물다 가버렸는지 두려움이 나를 다시 위협하며 올라왔다. 무거운 짐들을 질질 끌고 1층까지 무사히 내려왔구나 싶었던 그 순간에 나는 보았다. 2층에 장기 투숙하고 있다던 그 투숙객을….

거기에는 여성도 흑인 남성도 아닌 아주 근사한 백인 남성이 커피를 마시며 책을 읽고 있었다. 그러고 보니 나는 샤프하고 핸섬한 멋진 남성과 하룻밤을 보낸 것이었다. 나는 짐을 끌다시피 하며 그 투숙객 옆을 스치듯 지나 현관문을 열고 밖으로 나왔다. 밖에는 어제 이 집에 데려다주었던 택시 기사 아저씨가 나를 기다리고 있었다. 그리고 화창한 하늘이 활짝 웃으며 내게 말을 걸어 주는 것 같았다. "잘 잤어?"라고. 그 핸섬한 투숙객은 내가 나가기를 기다렸다는 듯 안에서는 문 잠그는 소리가 찰칵하고 들렸다.

1943년에 임상 경험을 바탕으로 이론 하나를 발표하였던 임상심리학자 매슬로우(A. H. Maslow)에 의하면, "인간은 다섯 가지 욕구를 가지고 있다."고 하였다. 인간의 내면에 잠재하고 있는 그 5가지 욕구에는 1단계 생리적 욕구, 2단계 안전·안정의 욕구, 3단계 애정과 소속에 대한 사회적 욕구, 4단계 자기 존중의 욕구, 5단계 자기실현. 자아실현의 욕구로 나누어 구분하였다. 이 인간의 기본적인 욕구에서 나는 2단계 안전, 안정의 욕구가 완전히 무너져버린 1박을 타국에서 보내게 된 셈이었다.

첫 경험하는 에어비앤비에서 안전의 문제가 제기되지 않았다고 한다면 나에게는 더없이 좋은 추억이 되었을 것이다. 하지만 너무나 아쉬운 잃어버린 반쪽 추억이라고 이야기하기에도 겁이 났던 날이 되어버렸다.

모든 인간은 어떤 장소 그 누구와의 관계에서 자신이 안전한가, 안전하지 않은가에 대한 해답을 자신의 오래된 뇌에 의해서 즉시 알아차리고 싶어 한다. 이때 안전하다 느끼게 되면 즐거움은 배가 되고 무장 해제가 되는 것이다. 반대로 안전하지 않다 느끼게 되면 방어태세를 갖추고 경직될 수밖에 없는 것이다. 안전하지 않을 때에는 모든 것들이 다 적이 되기 때문에 긴장하게 되고 나를 감추며 드러내지 않게 되는 것이다. 이것은 자신을 지키기 위해서 어쩔 수 없는 자연스러운 무의식적 자기 방어 현상인 것이다.

택시에서 내리자마자 나를 쩨려 보는듯한 흑인 남성에 의하여 모든 상황들이 내게는 적으로 다가왔던 것이다. 이때부터 나의 안전의 욕구는 무너져버렸다. 그 어떠한 일도 일어나지 않았지만 안전하지 않음은 나를 공포로 몰아넣었다. 그리고 다음 날 아무런 사건도 일어나지 않았고 내가 무사하다는 것에 대하여 인지하였을 때 그 안도감이란 나를 두려움과 불안에서 해방시켜 주었다.

이처럼,

인간에게 있어서 안전하고자 하는 욕구는 모든 살아있는 존재의 본질이며, 안전감은 필요한 것이 아니라 기본 욕구인 것이다. 기본인 안전의 욕구가 끝까지 무너져 내렸다고 한다면 나는 심리적 외상을 면치 못하였을 것이다. 나의 첫 에어비앤비에서의 경험은 안전하지 않았다. 하지만 나에게 '볼티모어 시티의 마지막 밤 에피소드'라는 추억을 만들어 주었다.

상상해 보라.

샤프하고 핸섬하고 멋진 남성이 이른 아침 식탁에 홀로 앉아 커피를 마시며 책을 읽고 있는 모습을….

치유의 선물

-삶에도 브레이크가 필요하다

가톨릭에는 피정이라는 프로그램이 있다. 피세정념(避世靜念)을 줄여서 피정(避靜)이라고 한다. 피정은 번잡스러운 일상생활을 잠시 떠나 하느님과 좀 더 가까이서 하느님의 뜻을 헤아려 보는 자기만의 조용한 시간 갖는 것을 말한다.

나의 일상에 브레이크가 걸린 것은 23일 수요일 상담을 일찍 끝내고 퇴근하려는 시간부터였다. 누군가에게 두들겨 맞은 듯 신체 여기저기가 통증으로 나타났고 집에 도착해서는 오한이 오는 듯했다. 저녁을 대충 먹은 후 씻고 8시부터 잠자리에 들었다. 이불을 머리끝까지 올려 덮었다. 중간 중간 왼쪽 코에서 콧물이 흘러내려 알레르기 비염이 시작되었다고 생각하였다. 일어나 타이레놀 하나 먹으면 괜찮아지겠지만 타이레놀 하나 먹기 위하여 움직이는 것이 더 힘들게 느껴졌다. 그래서 그냥 참고 잠을 청하였다. 이 또한 힘들었다.

24일 목요일 아침 7시 전에 눈이 떠졌다. 이제는 일어나야 한다. 일어난 김에 타이레놀 하나 먹었을 뿐인데 몸 상태는 완전히 달라졌다. 진작 먹을 걸 아쉬운 마음이 생길 정도였다.

오늘은 오전 9시부터 예약된 일정을 소화해야 했다. 이제는 목도 간질

간질한 것이 예사롭지 않게 느껴졌지만 몸살이 오는 것이라 여겼다. 목소리가 나와 줄까 염려가 되었으나 그런대로 무난하게 오전까지의 일정을 소화하고 몸살 감기약을 처방받고자 병원으로 향하였다. 오전 접수 마감이라는 말을 듣고 돌아서야 했다. 오후 1시 30분에 다시 병원으로 향하였고 접수 대기자 명단에 세 번째로 이름을 올렸다. 차례가 되어 진료실로 향하였고 당당하게 몸살감기인 것 같다면서 증상을 말하였다. 젊은 의사는 친절하게도 '좀 전까지 저도 감기라 여겼는데 목이 간질간질하였다는 부분에서 오미크론이 의심됩니다.' 면서 항원신속검사를 하여야 된다고 하였다. 아니나 다를까 나는 양성판정을 받고야 말았다.

이때부터 모든 것을 올 스톱시켜야 했다. 앞으로 7일까지의 스케줄 속에 있는 일정들은 뒤로 뒤로 다 미루었다. 비 대면으로 만나는 일정만 그대로 두고 소화를 해야만 하였다. 월요일부터 목요일 오전까지 상담 받으셨던 분들은 검사 결과 음성으로 판정받았다. 다행이었다.

자가 격리 7일이라는 강제적 구조 아래 내게는 잠깐 멈추라는 삶의 브레이크에 제동이 걸렸다고 생각하기로 하였다. 행정적 처분을 따를 수밖에 없는 이 상황에서 내 인생 전반에 인연 없는 충청북도 단양에 내 이름을 올렸다. 앞으로 밋밋한 삶에 하나의 이야기 거리는 충분할 것 같았다.

상담실 근처 병원에서 양성 확진 판정을 받았기에 24일 관악구 보건소에는 확진 대상자로, 영등포구 보건소에는 실 거주하는 집 주소지이기에 자가 격리 대상자로 이름을 올렸다. 격리되는 동안 충북 단양 소재 펜션에 있었기에 충북 단양 보건소에는 관리 대상자로 이름을 올렸다. 이렇다 보니 세 군데 행정 기관에 나 한 사람에 대한 인적 사항 관련하여 이름을 올리게 되었으니 미안한 마음이 너무나 크게 든 것은 사실이었다.

24일 목요일 오후 6시 30분 비대면 상담을 끝내고 식품 보따리와 캐리어를 끌고 밤 열 시가 넘어 도착한 단양의 단독 펜션. 오미크론 양성으로 확진자 된 나는 이 7일 간의 시간이 휴가처럼 느껴져 감사한 마음이 올라왔다.

왠지.
착실하게 잘 살아왔다며 내 등을 토닥토닥하여 주면서 내게 주는 보너스 개념의 시간 같았다. 2022년 1년은 372일이라 말해도 무관할 것 같은 7일이 더하여졌다.

이 자가 격리를 단조로운 집 구조 안에서 하였다면 이런 심리적 여유를 느껴보지 못하였을 것 같았다. 집 안에서 가족들을 피해 다녀야 할 것이었으며, 가족들과의 동선이 겹쳐지지 않도록 주의를 기울여야 할 것이었다. 답답하고 한정된 테두리 안에서 짜증이나 잔소리는 가족이나 나에게도 하나의 스트레스로 작용하였을 것이다.

그런데, 잠시 합법적으로 집을 떠나 자연 곁으로 와 있으니 자연이 주는 치유의 손바닥 위에 놓여 있는 느낌이었다. 이른 새벽 눈을 뜨면 블라인드를 올리고 아직도 어두운 밖의 호흡에 나와의 긴 호흡을 맞추었다. 서서히 먼동이 터 오는 모습에 나의 시선을 멈추고 이슬 품은 산의 느낌들을 마음으로 담았다. 진한 커피 한 잔 들고 테라스로 나가 새벽 공기와 함께 마시는 커피는 여러 가지 생각들을 정리할 수 있게 하여 주었다. 애교 많은 딸내미는 식사에 대한 인증 샷을 보내주지 않으면 전화도 받지 않겠다는 협박에 식사도 건너뛰는 것 없이 하여야 하였다.

그렇다 보니 지금 주어진 이 시간이 내게는 피정(避靜)이었고 선물이었다.

한정된 공간에서의 움직임만 있고, 함께 하는 이 없으니 당연히 잡담이 있을 리 없었다. 업무를 비롯한 일상의 일들을 강제로 스톱시키고 마땅히 해야 할 일이나 할 일이 없으니 침잠의 시간은 온전히 내 것이 되어 주었다. 거기에 계속 된 침묵으로 말소리가 잊혀질까 싶으면 비 대면으로 하는 강의와 상담이 있기에 목소리 잊어버리는 일도 없었다. 7일이라는 숫자가 주는 안정감이나 그 숫자에 담겨져 있는 의미를 다 알아차릴 순 없지만 산모가 아이를 출산하고 삼칠일을 지나야 몸이 풀린다고도 하였으니 신비의 숫자처럼 느껴지기도 하였다.

낮에는 펜션 주인도 어디를 나가는지 조용했다. 이때는 나 역시 펜션 방문을 열고 환기를 시키는 동안 밖에 나가 앉아 있기도 하였다. 햇볕을 쐬며 올 한 해 세웠던 목표를 점검해 보고 지금까지 진행된 과정도 체크해 볼 수 있어 좋았다. 주변에 나부랭이들까지도….

덤으로 주어진 선물과 같은 휴식이 최고였다는 생각에 변함이 없다. 이곳으로 짐 싸 들고 온 것은 나에게 있어 최상의 선택이었고 멋진 일이었다. 가끔은 내 스스로 잠깐 멈춰 서서 돌아보고 혼자 있는 시간은 정말 필요했었다 생각이 들었다.

잠깐 멈춰 서서 이 돌려 세운 시간을 역주행하고 주변을 살피게 하니 겸손하여야 함을 새삼 더 느끼게 되었다. 자연이 주는 치유의 과정 속에서 일상에 지친 심신을 돌보게 하는 것은 열심히 살아 온 날에 대한 보상을 받고 있다는 생각에 기뻤다. 온전히 나만을 위하여 무엇이든 하고 있다는 생각에 절로 행복하였다. 이렇게 자연은 나를 말없이 치유하기 시작하였다. 침잠의 시간을 통하여 나의 내면과 접촉할 수 있는 것은 하느님의 깊은 호흡과도 같은 선물처럼 느껴지기에 더 감사하게 여겨졌다.

그래서 우리의 삶에 브레이크는 필요한 것이다. 나를 위한 축배의 시간이 분명히 되어 주고 있기 때문이다.

행복해지는 비결

송가인이 미스 트롯에 출연하여 1등이라는 왕관을 거머쥐게 되면서 트로트라는 가요 장르는 국민의 사랑을 받게 되었다.

내 기억에도 나는 6세 때부터 트로트를 불렀었다. 도시에서 국민학교 (내가 학교 다니던 시절에는 초등학교가 아니라 국민학교였다.) 다닐 때 방학을 맞이하면 부모님이 계시던 시골집에 갔었다. 시골집 가는 직행버스 안에서 나는 운전기사 아저씨 옆에 서서 트로트 한, 두어 곡을 부르던 기억이 사진 한 컷처럼 떠오르곤 한다. 직행버스 안에는 모르는 분들이었지만, 그분들 앞에서 트로트를 부르다 급정거하는 바람에 머리 뒤통수를 다쳐 꿰맨 자국도 있다. 어떤 연유로 인하여 직행버스 안에서 트로트를 부르게 되었는지는 기억에 없다.

이런 나이기에 미스 & 미스터트롯(경연대회) 보는 것은 유일한 즐거움이었고, 그 시간만큼은 휴식 시간이었다. 그러니 미스트롯2도 시간대가 맞으면 보거나 가끔 재방을 보면서 나름 휴식을 취하고 있었다.

거기에 더하여 이 프로를 즐겨 보게 된 이유는 나 나름대로의 이유가 또 있었다. 그것은, 다름 아닌 참가자들이 선곡을 해서 가지고 온 노래들을 유심히 들어보면 그 사람의 내면세계나 그 가수의 정신 역동을 들여다 볼 수 있는 아주 최고의 정보들이 숨어 있다는 것이었다. 참가자의 선곡을 들어보면서 그 사람의 인생을 다 이해해 버린 경우도 있었고, 왜 저 선곡을 듣고 나왔는지 참가자가 처한 상황까지도 깊이 있게 이해할 수 있었다. 그러하기에 나 나름대로는 너무나 재미가 있었다. 또한 저 정보들은 예비 상담사가 되기 위하여 상담 훈련을 받고 있는 인턴생들에게도 충분히 좋은 교육 자료로도 활용 가치가 높았다.

그런데 여기에 트로트를 듣고 보는 재미보다 더 한 가르침, 배움이 있었으니 그것은 바로 마스터로서의 박○○ 때문이었다. 나는 그녀의 매력에 푹 빠져버렸다. 더 정확하게 말을 하면 그녀의 마스터로서의 어떤 잣대와 기준에 반해 버렸다고 하는 것이 더 맞을 것 같다. 많은 시청자가 그녀에게 혹평을 한다고 한다. 하지만 나는 혹평한다고 하는 시청자들과는 다른 시선에서 마스터로서의 그녀 평가를 듣고 있다. 박○○ 마스터와 나의 전문 영역은 달랐으나 말하고자 하는 방향은 같았기에 그녀의 피드백은 예리하고 날카롭고 그러면서도 따스하였다. 프로그램 마스터들과는 다른 관점에서 들여다보고 선곡해 부른 가수의 정곡을 찌르는 것이었으니 그녀의 피드백이 혹평이라 평가를 받았을 것이라고 생각한다.

마스터로서 박○○의 피드백 핵심은 바로 "너", "너의 색깔", "노래 안에 네가 있는지", "네 노래 안에 너는 없고, 그 노래 원곡 가수만 있지는 않는지", "너 노래의 정체성"에 대하여 이야기를 하는 것이었다.

즉, 상담 장면에서 "힘들다"고 "사는 게 괴롭다"고 "내 인생은 왜 이리 억울하냐"고 오는 사람들 대부분이 "내 안에 나는 없이 살아가고 있는 사람들"이 많았다. 나도 그들에게 한 결 같이 하는 말 "네 안에 너는 어디 있느냐", "너를 돌보지 못한 채 누구를 돌보면서 살고 있느냐", "그러니 억울하고 힘들지 않다면 그것이 사람이겠느냐"

박○○ 마스터와 나는 서로 다른 영역에 존재하고 있지만 말하고 주장하는 것은 같았다.

"지금 누구의 노래를 부르고 있는가", "원곡 가수만 있고, 너는 어디에 있는가", "네 안에 너는 어디 있는가", "네 안에 살고 있는 사람은 누구인가"라고 말이다.

우리는 각자가 "내 노래를 불러야 하고, 내 인생을 살아야 하는 것이다."

왜냐하면, 그것만이 내가 행복해지는 비결이고 억울한 삶을 살지 않을 일이기 때문이다. 각자가 자기만의 색깔로 자기 노래를 부른다고 상상해보라.

결국 노래는 자기 입으로 자기가 부르지 않는가. 자기가 만족하고 살면 그만인 것이다. 만족하지 못한다 한들 그것도 내 것이다. 결국 내 인생은 내 것이기 때문이다.

세미원에서 꾸는 꿈

아이가 태어날 때, 그리고 아이를 양육할 때
어머니가 보여주는 능력은 가히 신적(神的)이다.
전지전능한 섭리적(攝理的) 당위성(當爲性)을 가지고
아이의 운명을 길러 주신 어머니.
그 어머니가 바로 우리들의 신.
모신(母神)이다.
-모신(母神) 중에서

어제는 양평 모 센터에서 '부부관계 소통, 안전한 대화'에 관한 강의가 오전에 있었다. 강의 후 담당자는 나에게 연잎밥을 대접해 주었다. 연잎을 살짝 살짝 벗겨내 찰진 오곡밥을 조심스럽게 한 술 한 술 떠먹는 재미가 쏠쏠하였다. 재미있는 식사를 마친 후 혼자가 된 나는

그냥 서울로 향할 순 없었다. 남한강과 북한강이 흐르고 흘러오다 만나는 이곳에 잠깐 머물다 가는 것도 이 소도시에 대한 예의처럼 느껴졌다.

연잎으로 싸진 밥도 먹었던 터라 연꽃의 자태를 보고 싶었다. 그래서 세미원으로 차를 돌렸더니 많은 사람이 연꽃의 미모 삼매경에 빠져 있었다. 용의 입안에서 품어져 나오는 물줄기도 시원하게 보였고 투명 코끼리의 모

형도 평화로운 정경을 만들어내었다.

몇몇 분들은 카메라 셔터 누르기 바빴고 모두 들 연꽃이 된 듯 걸음걸이 역시 사뿐사뿐 우아하였다. 바라보며 고고한 척 흉내도 내면서 연꽃 따라 거닐다 보니 파란 잔디밭 여기저기에 흙으로 빚어 놓은 조각 작품을 보게 되었다. 보다가 옆을 보니 또 있고, 또 있고 한 바퀴를 돌 동안 수십 개의 작품들을 만나 볼 수 있었다.

여기야말로 천지가 모신(母神)들뿐이었다. 어쩜 그렇게 젖가슴을 드러내 놓고 아이를 지긋한 눈으로 바라보며 수유(授乳)하는지…. 정말 아름다운 모습 그 자체였다.

이런 작품을 만든 김명희 작가의 설명도 참 인상적이었다.
"아들을 키워보니 아이들에게 엄마의 몸은 놀이터가 되더군요. 올라타고 매달리고….
아이들이 재미있게 놀 수 있도록 엄마 나무는 그늘을 만들어 줘요." 이런 이야기를 하고, 엄마로서 자녀와 몸으로 놀아 준 것을 작품으로 만들어내다니 참 좋은 양육자, 엄마였다는 것을 알 수 있었다. 더 나아가 그런 자녀의 미래까지 보이니 참으로 부러운 모자(母子) 관계가 따로 없었다. 파란 잔디밭 위 엄마와 아이가 뒹굴고 있는 이곳이야말로 천국 그 자체였다.

그랬다. 이 작가는 자신의 몸을 자녀의 놀이터로 만들어내었다. 함께 뒹굴고 무릎 위에 앉히며 젖을 주고 발 등을 내어주었다. 또한, 등을 내어주고 양 허벅지를 내주며 아가의 엉덩이에 풍선을 불어 주었다. 엄지손가락을 내어주고 엉덩이 위에 태우며 두 무릎 사이에 아가를 숨겨주었다. 그뿐만이 아니었다. 아가를 앉히고 책을 읽어주거나 엎드려 읽어주는 모습은 아가에게 호기심을 달고 상상 나래를 펴주기에 충분한 일이었다.

이렇게 엄마의 몸 전신은 아가의 놀이터가 되어 주었다. 이렇듯 김명희 작가는 자신의 자녀와 함께 했던 경험을 토대로 작품을 만들어 낸 것 같았다.

이런 모습 하나하나를 작품으로 만나게 되다니 이곳에 온 나에게 칭찬을 아낌없이 해주었다. 젖가슴을 들어내 놓고 아가에게 젖꼭지를 물리고 있는 엄마야말로 참으로 숭고하고 보는 이들에게 감동을 선사하고 있었다. 엄마의 품 안에서 평화롭게 젖을 빨고 있는 저 아이야말로 온 우주와 태양을 가진 아이였다. 저렇게 자란 아이는 세상의 그 무엇도 무서울 것 없고 두려울 것도 없을 것이다. 온 우주를 다 가졌고 자신이 태양인데 무엇이 무섭고 두려울 것인가.

신체적, 정서적으로 엄마와 안전한 애착을 형성하고 경험한 자녀이기에 그 자녀의 미래는 탄탄대로를 걷게 될 것이다. 그 어떠한 역경과 고난이 닥쳐도 빨리 회복하고 제자리로 되돌아갈 것이다. 과거라는 시간 속에 묻혀진 양육자인 엄마와 몸으로 깔깔거리며 상호작용하였던 애착은 실패 속에서도 굳건히 일어나 서게 하는 원동력이 될 것임을 의심하지 않는다. 왜냐하면, 온 우주를 가졌던 그때의 그 경험이 그를 실패의 늪에서 건져 올려 주는 역할을 할 것이기 때문이다.

나 역시 자녀를 둔 엄마이다. 자녀가 결혼을 하여 아이를 가졌다 한다면 세미원 이 조각 작품이 전시되어있는 잔디밭을 추천할 것이다. 아니 동행할 것이다. 그리고 맛있는 연잎밥과 디저트를 대접해 줄 것이다. 그런 다음 이곳으로 초대할 것이다. 그래서 자녀와 어떻게 몸으로 놀아주는지 직접 볼 수 있도록 안내를 하여 줄 것이다. 생각만 하여도 너무 멋진 일이기에 나도 모르게 입가에 미소가 번진다. 사랑하는 내 자녀에게 줄 수 있는 엄마의 축복이기에 감사할 일이다. 돌아가는 길엔 사랑을 꾹꾹 눌러 썼던 편지와 용돈을 챙겨 줄 것이다. 함께 와 주어 감사하다는 말도 잊지 않을 것이다.

부부가 모친(母親)과 자녀에게 큰절 올린 조각 작품처럼 말이다. 상당히 의미가 있는 작품을 만났다. 이런 귀한 일을 꿈꿀 수 있게 하여 준 김명희 작가에게 존경을 표한다.

진정한 유머에 대하여

유머 감각은 인생의 비극과 모순점을 포착하여 스스로 즐기면서 주변 사람들에게도 웃음을 제공하는 능력을 말한다. 또 개인과 다른 사람들을 인생의 고통과 역경 속에서 즐거운 태도로 이겨내도록 돕고, 친화적인 인간관계를 촉진한다.(권석만, 2011) 이런 의미에서 잃어버린 웃음을 되찾아주고 일상의 삭막함과 긴장을 해소시키는 역할 하는 것이 유머이다.

나란 사람은 유머와 가까운 사이는 아니다. 가끔 유머 감각이 뛰어나다 싶은 친구들을 보면서 그들의 이야기에 배꼽 빠지도록 웃을 때가 많았다. 나중에 어디 가서 해 보려고 내용을 숙지하기도 하고 외워보기도 하였다. 하지만 하려고 하면 내용이 생각나지 않거나 설령 한다고 해도 재미나게 하질 못하였다. 그런 나를 보면서 스스로 참 많이도 안타까웠고, 그런 것은 타고 나야 된다고까지 생각하게 되었다.

나는 자주는 아니지만, 요청이 오면 기꺼이 도움 드리는 봉사활동하는 자리가 있다. 대상은 시각장애를 가지고 계시는 분들이다. 이분들은 시각장애 특수학교 (맹학교)에서 침술을 배워 침술원을 운영하고 계시는 원장님들이다. 이분들 중 모임의 대표 격이신 원장님께서 도움의 손길이 필요할 때면 종종 내게 연락을 해 오신다. 이때 내 일정상 조절가능하고 무리 없을 땐 달려가 그분들과 함께 하고 있다. 내가 하는 봉사활동은 크게 어렵지가 않다. 그분들의 눈과 발이 되어 드리는 것인데 낭독이나 운전기사가 되어 드리는 차량 봉사이다. 불편하지 않게 식사할 수 있도록 음식들의 위치를 알려드리거나 보조 접시에 담아드리는 역할도 빼 놓을 수 없는 일이다.

그날도 그랬다. 코로나 19 상황이 조금씩 풀려가면서 그동안 가지 못했던 나들이를 나포함 5명이 움직였다. 승용차 한 대 최대 인원이 5명이기에. 장소는 수유리로 정하였다. 국립 4·19 민주묘지를 먼저 가서 참배하고, 북한산 아래 맛집 찾아 식사 때 도움 드리고 바람 쐬어 드리는 한나절 코스 차량 봉사 활동이었다.

몇 년 전 일이라고 하면서 모임의 대표 격인 원장님이 말씀하셨다. 어느 장소에 도착하였는데 한 분이 그러시더란다. "은빛 물결 출렁이는 것이 참 시원하게도 강바람이 부네." 그래서 다른 분이 그 말을 받아서 "아니, 여기는 바다도 없고 강도 없는데 무슨 은빛 물결이라고 하나." 참고로 이렇게 말씀하신 원장님은 약시로서 아주 희미하게 앞이 보이는 분이셨다. 그러자 은빛 물결에 강바람이 시원하다고 말씀하신 분이 "아니, 저 은빛 물결이 출렁이는데 강 아닌가?"라고 한마디 더 하셨단다. 그런데 알고 보니 은빛 물결이라고 느끼셨던 것은 바다도 아니고 강도 아닌 비닐하우스였단다. 햇볕을 받은 비닐하우스가 바람에 나풀거리는 것이 강이 바람에 출렁거려 은빛을 만들어 낸 모양처럼 느끼셨던 것이다. 그렇게 말씀하시면서 얼마나 웃으시던지….

잠시 후, 한 분이 화장실을 다녀와야겠다고 하셨다. 나는 그분의 손을 잡고 화장실을 안내해 드린 후 스위치를 눌러 불을 켜 드렸다. 스위치 누른 소리에 그분께서 "불을 켜나 마나 보이지도 않는데 불은 왜 켜요."라면서 웃으시고는 화장실로 들어가셨다. 밖에서 나오시기를 기다리는 동안 그분 말씀을 생각해보니 정말 그랬다. 어차피 시각장애가 있으셔서 불을 켜나 켜지 않으나 차이가 없을 텐데 무의식적으로 늘 하듯이 불을 켠 것이다. 웃음이 픽 나왔다. 자신의 약한 부분을 유머로 승화하여 이야기하는 것을 보고 있자니 아려왔다.

우리는 주변에서 다른 사람을 깎아내리거나 모욕하며 열등한 사람을 웃음거리로 만드는 데 언어를 사용하면서 유머라고 하는 사람들을 종 종 보게 된다. 이런 사람들을 보면 나름 자신들 내면의 공격성을 유머로 포장하여 표출해내고 있다 보여진다. 반면에 이분들은 시각장애를 가지고 계시지만, 유머를 이해하고 만들어내는 능력이 탁월한 분들. 자신들의 약한 부분을 들춰냄으로써 웃음으로 승화시켜 내시는 분들. 그들과는 차원이 달라도 한참 다르다.

이처럼 유머란 다른 사람보다 자기 자신을 향하여 사용 되어지는 것이 바람직하다. 고난과 역경을 의연한 태도로 이겨내고 부정적 정서를 극복하고 난 후 만들어 낸 유머.

내게 진정한 유머가 무엇인지 가르침 주시는 저분들처럼….

가두는 건 바로 나 자신

초등학교 1학년 봄 소풍 때 찍었던 사진 속 나는 숏 카트를 하고 있었다.

그 이전이나 후 사진들 속 나는 역시나 카트나 단발머리뿐이다. 긴 머리 소녀가 되어본 적이 없고, 예쁘고 여성스럽게 웨이브 진 헤어스타일을 해 본 적 없기에 나와는 어울리지 않는다며 여겼다.

반평생 넘은 삶을 살아오는 동안 항상 단벌머리 한 가지 헤어스타일로만 살아왔다. 딱히 단발머리를 좋아해서가 아니었다. 누구 말마따나 가왕 조용필 가수의 "단발머리" 노래를 좋아해서도 아니었다. 이 헤어스타일에 익숙해서라고 할까. 그렇다보니 내게 어울리는 것은 이 헤어스타일 하나뿐이라고 믿고 확신했었다. 웨이브가 있는 파마도 어쩌다 한 번 하게 되면 견뎌내지 못하였다. 그러니 이러지도 저러지도 못하고 1년 365일 춘하추동 항상 단발머리뿐이었다.

그러다 드디어 올해.

그것도 거의 십 칠년 단골 헤어샵 원장님 말씀 한마디 때문에 머리를 기르게 되었다.

"올해 아들 결혼하는 거 아냐? 그런데 머리를 자른다고? 아니 혼주가 머리를 자르면 어떻게 해. 지금부터라도 길러야지? 머리를 올려야 할 것 아닌가? 길러봐."

"원장님. 저 머리 길러본 적 없어요. 아시잖아요. 어떻게 길러요. 그리고 여름은 또 어떻게 나구요? 머리 수도 적어서 기르는 동안 머리 너무 지저분할 것 같은데 아이구야 큰일났네요. 그리고 어울리지도 않는단 말에요."라면서 기르게 된 머리였다.

그런데 기르다보니 의외로 보기 좋았다.

물론 처음부터 보기 좋았던 건 아니었다. 옆으로 삐져나왔던 딱 그 부분만 잘라버리고 싶은 충동도 느낀 적 많았다. 하지만 그 순간순간들을 견뎌내야 했다.

결혼식에 아들 엄마로서 예쁘게 옆에 서 있어주기 위하여 참아내야 했다.

학창시절 장군감이라는 소리를 많이 들었던 나였는데….

그래서 여성성보다 남성성이 더 두드러졌던 나였는데….

머리를 기르게 되면서 여성스럽고 다정하고 부드러운 이미지가 드러나 보인다는 피드백을 종 종 듣게 되었다. 싫지 않았다.

더 놀라웠던 것은, 아들 결혼을 약 3개월 앞둔 어느 날 애(愛)제자를 만나게 되었다.

이런저런 이야기를 나누는데 갑자기 "얼마 전 SNS에서 교수님 사진을 봤는데 가르치실 때 깐깐하게 가르치시잖아요. 그런데 그런 깐깐함이 없어 보였어요." 이야기를 듣고 한참을 웃었다. 가르칠 때 내게 그런 깐깐함이 있었다는 것도 몰랐고, 사진 속에서조차 그런 이미지가 드러난다는 사실에서 두 번 놀라웠다. 그리고 애(愛)제자의 눈썰미에도 놀라웠다.

그랬다.

결국 자신을 가두는 건 그 어느 누구도 아니었다. 바로 나, 내 자신이었다.

"나는 못해. 나는 아니야. 나는 어울리지 않아. 나는 할 수 없어."라고 단정 지었던 것은 결국 나, 자신이었던 것이다.

익숙함에 속아서 가 본 길이 아니라는 이유만으로 우리는 그런 자신에게 선택할 기회조차 제공해 준 적이 없다. 자신에게 얼마나 야박하고 잘못을 많이 하고 사는지 우리는 깨닫지 못한다. 자신을 속박하고 속고 속이고 한 것은 다름 아닌 자신임을 알아차려야 한다.

지금까지 자신에게 철저하게 속이고 살아왔던 부분에 대하여 사죄를 하고 이제는 다른 삶을 살아야 한다. 자신에게 미안해서라도 익숙함보다는 새로운 기회를 제공하여 또 다른 자아 발견, 이미지 쇄신을 할 필요가 있다. 놀라운 능력이 내 안에 있다. 그동안 보지 못하였을 뿐이다. 그 안에 놀라운 내가 있다는 것을 믿어야 한다. 남도 속는 셈 치고 한번쯤 믿어 본 적이 있지 않은가. 이제는 자신을 속는 셈 치고 딱 한 번 눈 감고 믿어 보기를 권해 본다. 그럼 보일 것이다.

미처 발견해 내지 못한 진주가.

Part 7

프로야구 편

첫 번째 야구 양육 칼럼

　프로야구 중계를 통해서 본 "끝까지 자녀를 믿고 기다려 준다는 것"의 양육적 의미.

　5월 28일 광주-기아 챔피언스필드에서 열린 롯데와의 시즌 6차전은 동점으로 팽팽한 접전을 연장 11회까지 벌인 끝에 KIA가 승리한 경기였다.

　연장 11회 말 다섯 번째 타석에 서기 전까지 최원준 선수는 첫 타석에서는 안타를 날렸지만, 두 번째 타석이었던 4회 2사 만루에서 2루 땅볼로 물러났고, 세 번째 타석에서는 4대4로 팽팽한 7회 2사 만루에서 3루 파울플라이, 네 번째 9회 말 1사 만루 끝낼 수 있는 타석에서는 헛스윙 삼진으로 물러났다.

　1군 엔트리에 자신의 이름을 올리고 경기를 뛴다는 것은 신인에게는 영광스럽고 잊을 수 없는 일일 것이다. 그런데 거기에 더하여 한 경기에서 네 번씩이나 자신 앞에 만루의 밥상이 차려진 상황도 쉽게 연출할 수 있는 상황 역시 아닌 것은 분명했다. 이렇듯 어렵게 얻어진 잘 차려진 밥상을 앞에 차려 놓았을 때 모든 선수는 "한 방"을 생각하게 될 것이다. 자신에 의하여 "타점"이 올라가 경기 끝내는 것에 대하여 기대하는 것은 모든 선수와 스텝들의 바람일 것이다. 그러나 안타깝게도 최원준 선수는 세 번이나 잘 차려진 밥상을 물려버렸다. 그런 자신을 보면서 경기에서 질 수 있다는 자책감과 다음 출장에 기용되지 않으리라는 두려움, 기용된다 하여도 다시 잘 차려진 밥상을 마주하였을 때 쳐 낼 수 없으리라는 깊은 패배감에 심리적 부담감은 엄청 클 것이라 생각한다.

프로야구 세계에서는 (야구) 공격과 수비에서 잘하는 선수만이 살아 남는 생존 경쟁 세계라는 것은 누구나 다 아는 사실이다. 아니 모든 프로의 세계가 다 그렇다는 것은 누구나 다 아는 사실이다. 그리고 정규 리그 순위 1위에 있지만, 바짝 뒤쫓아 오는 2, 3위와의 게임 차가 크지 않은 상황에서는 더더욱 그러할 것이다. 만루의 득점 찬스 기회를 세 번이나 얻어놓고도 고개 떨구는 그 선수를 연장전 타석 때 또 올린다는 것은 웬만한 뚝심과 배포가 아니고서는 힘들 것이다. 그런데 그런 뚝심과 배포로 선수를 믿고 기다려 줄 줄 아는 감독이 있었으니, 그때 김기태 감독의 뚝심과 배포가 얼마나 존경스러웠는지 모른다. 일부 다른 많은 기아 팬들은 김기태 감독에게 욕을 하고 TV를 꺼 버렸을 수도 있다. 감독으로서 자격 미달이라고 하였을 수도 있는 상황이었을 것이다.

이 경기에서 내가 양육 코칭을 하고자 하는 것은, "끝까지 자녀를 믿고 기다려 준다는 것"이다. 내 팀(가정家庭)인 선수를 (자녀) 믿고 기다려 주고 큰 신뢰를 무한정 보낸 감독(양육자, 부모)을 나는 칭찬하고 싶은 것이다. 그 신뢰(부모가 자녀에게 보내는 신뢰)에 보답하는 것은 오로지 그 선수(자녀)에게 달려 있다. 안타 하나만 쳐도 경기를 끝내서 자신을 믿어준 감독(양육자, 부모)에게 기쁨을 안길 수 있었지만, 만루포를 쏘아 올려 역전승을 따내고 승리로 답을 한 것이다. 그것은 최원준 선수가 만루 찬스를 세 번이나 무산시키고 덕아웃으로 돌아가 얼마나 괴로워했는지 괴로움의 무게와 자신을 믿어 준 감독(양육자, 부모)의 신뢰 크기가 그만큼 컸다는 것을 의미하는 것이었다.

매번 찬스를 놓쳐서 고개를 들지 못하고 덕 아웃으로 돌아온 선수(형제)를 선배들은(가족들) '못 쳐도 좋으니 편하게 하라'고 조언 (위로와 지지)하였고, 감독(양육자, 부모)은 끝까지 믿어주었다.(자녀를 믿고 신뢰)

최원준 선수(자녀)는 치지 못하고 덕 아웃으로 돌아온 자신을 매번 아무 일 없었던 것처럼 지지하여 주고 믿어준 그들(양육자인 부모와 가족들)로 인하여 고통은 배가 되었다. 배로 증가한 고통 겪는 것이 힘이 들어 만루 홈런을 쳐냄으로써 더 이상 고통스러운 일을 만들어내지 않았던 것이다.

자녀를 양육하는 부모 특히 양육자인 모(母)는, 따뜻한 마음가짐으로 자녀의 입장이 되어 자녀를 양육하여 보면 틀림없이 부모가 원하는 대로 자녀가 성장할 것이다. 선량하고 성실한 자녀를 원한다면 이에 알맞은 태도를 가져야 한다. 욕심내지 않고 자녀를 있는 그대로 바라봄으로써 자녀가 수용 받는 느낌을 가지게 되면 그 자녀에게는 알찬 성장이 있게 될 것이다. 자녀를 야단치는 대신에 이해하는 어머니, 자녀에게 벌을 주는 대신에 수용하는 어머니, 자녀를 때리는 대신에 자녀를 믿고 인정하고 사랑하는 어머니, 이렇게 하는 어머니만이 진정한 어머니라고 할 수 있을 것이다. 자녀가 옳지 않은 일을 하였을 때 아무 일도 없었던 것처럼 평범한 태도로 그냥 그 일을 흘려보내는 것, 자녀가 잘못을 하였음에도 불구하고 꾸중을 하지 않게 되면 아이의 괴로움은 증가하여 더 이상 괴로움 만들어내는 것이 옳지 않다 여기게 된다.

이로 인하여 스스로 괴로운 일을 행동으로 만들어내지 않게 될 때 비로소 아이의 문제 행동은 자동적으로 교정되는 것이다. 끝까지 자신을 믿고 기다려 주는 부모를 자식 역시 배신하지 않는 것이다.

두 번째 야구 양육 칼럼

프로야구 중계를 통해서 본 "끝까지 자녀의 편이 되어 준다는 것"의 양육적 의미.

점수 차이가 많이 나는 게임보다는, 아슬아슬 반전이 있고 역전이 있는 게임이 스릴 있고 재미있어 흥미롭게 보게 되는 것은 사실이다. 이날도 마찬가지였다. 더더군다나 롯데와 KIA의 경기는 그런 의미에서 유명한 것은 사실이었다. 7차전 경기였다. 6차전 경기도 손에 땀을 쥐게 하는 경기였는데 7차전 경기도 6차전 경기 못지않게 손에 땀을 쥐게 만들었다. 내가 마주하게 된 상황은, 8회 말 롯데 공격이었으며 7대7인 동점 경기를 하고 있었다.

KIA 김기태 감독은 8회 말 2사 3루 7대7 상황에서 그 당시 현재 마무리 투수로서 가장 믿음직스러운 김윤동 선수(24세)를 불펜 투수로 세워놓고 있었다. 김윤동 선수는 손아섭 선수를 볼 넷으로 진루시켜 놓은 상황이었고, 그다음은 4번 타자 이대호 선수였다. 누가 봐도
끝났다 생각할 수 있는 상황이었고, 안타만 쳐도 7대8이 되는 건 시간문제였다. 더더군다나 6차전 때 연장전까지 끌고 가서 진 경기였기에 거기에 대한 설욕을 롯데는 뒤집어야 하는 7차전이었을 것이다.

절체절명의 순간.

그 순간 김윤동 투수가 느꼈을 극도의 긴장과 불안과 두려움.

절체절명의 순간.

아….

화면에 비쳐지는 김윤동 선수의 그 긴장되는 표정에서 읽어낼 수 있었다.

안타 하나면 역전되는 순간. 그 이후엔 강판을 당하던지? 아니면 지금 강판을 당하던지?

패배를 안고 던져야 하는 시간과 싸워야 하는 것이다. 그때 혜성처럼 KIA 김기태 감독이 벤치에서 마운드로 올라와 배터리는 물론 내야수 전체를 불러 모았다. 배터리까지 불러 모은 것을 보니 강판시키기 위한 것은 아닌 듯 보였다. 대신 김윤동 투수에게 던진 한마디!

"이대호 투수 연봉이 얼마냐? 네가 정면 승부해서 맞더라도 이상하게 생각하는 사람 거의 없다." 리그 1위의 KIA 마무리 선수가 롯데 4번 타자에게 피해 갈 이유가 전혀 없으니 소신껏 씩씩하게 기죽지 말고 자신감 가지고 던지라는 메시지. 결국 유격수 땅볼로 잡아내고 9회 초 타수의 힘에 10대7로 세이브를 챙길 수 있었던 김윤동 투수.

절체절명의 순간에 느꼈을 긴장·불안·두려움·도망가고 싶은 마음(회피) 마운드에서 모든 가족(같은 팀, 가족)들이 자기(김윤동)만 바라보고 있는 상황에서 그가 느꼈을 외로움·고독·어느 누구도 대신 싸워 줄 수 없는 그 자리에서 인간이 삶 속에서 맞닥뜨리는 온갖 진상과 고뇌를 한 몸으로 막아 싸웠을 그 대상(김윤동 투수)을 생각하니 눈물이 왈칵 쏟아졌다.

그리고 그는 해내었다. 그 두려운 시간과 싸워 낸 후 당당하게 마운드를 내려갔다.

그 절체절명의 어렵고 힘든 순간을 이겨 낼 수 있었던 것은? 감독을 비롯한 선수 및 스텝들 모두(감독 즉, 양육자와 선수 및 스텝인 가족)가 한마음, 한뜻으로 믿고 지지하고 끝까지 김윤동(자녀) 투수의 편이 되어 주었기 때문에 이겨 낼 수 있었던 것이다.

마운드에서 감독(양육자, 부모)으로부터 받은 그 메시지는 김윤동 투수의 미래를 건배하였던 것이다.(7대7인 상황. 이대호 선수가 마운드에 있었던 상황에서 김윤동 선수를 끝까지 믿어줌) 그는 그 축복의 잔을 마실 수 있는 자격이 충분히 차고도 넘친다. 먼 훗날 타 팀의 감독이 하위 타선의 선수에게 "김윤동 투수의 연봉이 얼마냐? 네가 번트를 대다 실패하고, 땅볼로 잡힌다 하여도 너를 원망할 선수가 여기엔 없으니 맘 편하게 쳐다오."라고 할지 우리는 모를 일이다.

그 순간을 착실하게 이겨 낸 김윤동 투수에게 무한 박수를 보낸다. 그리고 철저하게 김윤동 투수(자녀)의 편이 되어 준 감독(양육자, 부모)과 선수, 스텝(가족)들에게도 박수를 보낸다.

'나를 응원하고 지지하고 끝까지 내 편인 부모 가족이 있다는 사실을 믿고 행할 때, 그 어떠한 위기 속에서도 자녀는 극복할 수 있는 힘을 스스로 발휘해 낸다.'라는 것에 대하여 믿어 의심치 않는다.

세 번째 야구 양육 칼럼

프로야구 중계를 통해서 본 "끝까지 주어진 환경에서 잘 버텨낸다는 것"의 양육적 의미.

경기 내용은, 2018년 9월 15일 광주 기아 챔피언스필드에서 열린 SK 와이번스와 12차전에서의 내용을 토대로 작성하였으며 선발 투수는 켈리와 양현종 선수이다.

이 경기는 2회까지 점수를 서로 주지 않는 투수전 싸움이었다. 이범호 선수의 명품 수비와 2회 말 이범호 선수가 안타로 출루하였으나 한승택 선수를 유격수 땅볼로 켈리 투수가 처리하며 이닝을 마무리하였다. 기아가 점수를 내지 못하고 2회를 마무리한 직후, SK가 3회 초에 선취점 1점을 뽑았다. 3회 말 기아의 버나디나 선수가 단타성 타구를 치고 발 빠른 다리로 재치 있게 2루까지 안착을 하였다. 최형우 선수가 볼넷을 얻어 출루하였으나, 안치홍 선수가 땅볼로 물러나며 동점에 실패하였다. 4회는 서로가 점수를 얻지 못하였다.

5회 말 한승택 선수의 내야 안타와 이명기 선수의 2루타가 터졌다. 다음 타석인 최형우 선수에 의하여 동점이나 역전이 가능하리라 여겼던 상황에서 SK의 3루수 최정 선수에게 뜬공으로 잡히면서 기아의 역전 찬스는 무산되었다. 양현종 투수는 이렇게 3회 말과 5회 말에 타자들이 도와주지 않는 상황에서도 마운드를 지켰다. 벤치로 들어가고 마운드로 걸어 나오는 양현종 투수의 어깨가 그 어느 때보다 무척이나 무거워 보였다. 양현종 투수가 마운드에서 잘 버텨내고 있을 때 타자들이 조금만 더 힘을 보태준다면, 1점 2점 뽑는 것은 문제가 아니 될 것 같았다. 그런데 투수인 자신에게 힘을 실어주지 못하는 상황에서 양현종 투수의 힘든 마음이 보는 내게까지 전달되는 것 같았다.

팀의 선배로서 어려운 처지를 내색할 수 없는 상황….

너희들이 조금만 도와주면 지금 이겨 낼 수 있을 텐데 지금 뭐하는 거야? 라고 타자들에게 원인을 돌리고 싶을 수도 있는 상황. 차려주는 밥상을 물려버린 상황은 자주 연출되는 답답한 상황….

그래도 이겨내야 하는 상황….

묵묵히 견뎌내야 하는 상황….

자신의 뒤를 이어 불펜을 맡길 만한 선수가 딱히 있어 주지 못하는 팀 상황, 상황들….

6회 말 기아의 발을 꽁꽁 묶어두었던 SK의 켈리가 승리 요건을 충족하고 마운드를 내려갔다. 그 뒤 서진용 선수가 켈리 선수의 뒤를 이어 기아에게 볼넷을 허용하여 만루의 멋진 밥상을 차릴 수 있게 도와주었다. 기아 최원준 선수의 타구가 2루 땅볼로 처리되면서 점수를 뽑지 못하였다. 기아는 그렇게 허무하게 6회 말의 밥상을 멋지게 엎어버렸다. 양현종 투수는 7회에도 타자에게서의 지원을 전혀 받지 못하였다. 그때에도 전혀 내색하지 않고 그 어느 누구도 탓하지 않고 꿋꿋하게 마운드를 지켜내었다. 이런 양현종 투수 멘탈의 틈새를 8회 초 SK의 노수광 선수가 희생 번트를 성공시키면서 (그것도 친정팀인 기아 에이스 투수를 상대로) 3루에 있던 김성현 선수를 홈으로 불러들여 1점을 더 추가하면서 2대0의 스코어를 만들어내었다.

혼자서 고군분투하고 있는 양현종 투수. 그는 마운드와 벤치를 오고 가면서 무엇을 생각하고 어떻게 멘탈을 다잡고 있는지 묻고 싶은 순간이었다. 아마도 속으로 울고 싶은 순간이지 않았을까 싶다. 아니면 내가 울고 싶은 순간이었을지도 모를 일이다.

우리는 내 주변에 누군가가 축 처진 어깨가 무겁게 내려앉아 있는 모습을 본 적이 있는가? 그 무게를 느껴 본 적이 있는가? 힘겹게 고군분투하여 본 적은 있는가?
다들 즐겁고 행복에 겨운데, 나 혼자 힘들고 외롭고 슬프다고 느껴 본 적은 있는가?
그럼에도 직진할 수밖에 없는 현실 앞에서 고개를 떨궈 본 적은 있는가?

이 경기에서 투수(양육자. 부모)가 어렵고 고달픈 매 순간 순간들을 홀로 잘 버텨내고 견뎌내고 이겨내자,(점수가 날 듯 날 듯하면서도 나지 않던 이닝들을 흔들리지 않고 잘 지켜낸 순간들) 드디어 타자(자녀)들이 응답하기 시작하였다.

기아의 공격인 8회 말 투 아웃 상황에서 김주찬 선수의 밀어친 타구가 안타가 되어 1루에 갈 수 있었다. 연이어 이범호 선수와 김선빈 선수에게 SK의 김택형 투수가 연속 볼넷을 허용하였다. 그때 그 위기를 막기 위하여 김택형 투수가 마운드를 내려가고, 박정배 투수가 마운드를 지킬 때에 최원준 선수가 1루수 앞 내야 안타를 쳤다. 1루수 송구가 로맥의 포구 실책으로 동점을 만들어내자 여기에 탄력을 받은 버나디나 선수의 2타점 적시타가 터져 2대4의 점수로 단숨에 승부를 뒤집어버렸다. 8회 말 한 이닝 투아웃 상황에서 4점을 뽑아 낼 수 있었는데 이는, 양현종 투수 (양육자, 부모)가 8회 초까지 힘겹게 잘 끌고 온 것에 대한 미안함이 극대화되어 타자들(자녀)이 집중력을 발휘하여 한 이닝에서 4점을 뽑아내어 동점과 역전을 동시에 일궈내었다.

그리고 나서야 그는 아마도 긴장이 머리끝에서부터 발끝까지 쫙 악 풀리면서 마운드를 내려올 수 있었을 것이다. 팀(가정, 가족)에 대한 주인의식 애정이 없었다면, 동료(가족, 자녀)에 대한 애정이 없었다면 승을 꼭 잡고야 말겠다는 투혼의 간절함이 없었다면, 이미 8회까지 오기 전에 내려갔을 것이다.

할 수 있는 상황까지 최선을 다하며 내려간 후, 세 명의 불펜 투수들이 잘 막아주어 더 이상의 실점 없이 2대4로 승리를 가져갈 수 있었다. 기아의 선발 양현종 투수는 이날 8이닝 5피안타 4탈삼진 1볼넷 2실점으로 호투하였다. 역대 18번째, 좌완 투수 4번째 통산 120승을 달성하였다.

이겨내고, 견뎌내고, 버텨내는 힘!

양현종 투수에 의하여 SK 타자들의 발이 꽁꽁 묶이면서 점수를 뽑지 못하는 상황을 양현종 투수 본인 스스로 견디어내지 못하였다면 (8회 초까지 이닝을 소화하지 못하였다면) 분명 기아는 더 많은 실점을 하게 되고 8이닝 전에 마운드에서 내려가 지는 경기를 하였을 수도 있었을 것이다. 하지만 그 힘든 과정을 이겨내고 견뎌내고 참아내었기에 더 이상의 실점을 하지 않고 이기는 게임을 한 것이다.

그러나 양현종 투수는 견딜 능력을 가지고 있었으며, 투수(양육자. 부모)의 그 견디는 능력이 기아의 타자(자녀)들에게 행동화(acting out)를 하는 데 무의식적으로 공모를 하게 하여 동점을 이뤄내고 승부를 뒤집는 행동화를 불러일으키게 하였다.

부모는 자녀가 문제 행동을 한다 생각이 들 때, 그 문제 되는 행동을 수정해주고자 한다. 하지만 그 문제 되는 행동을 하였을 때 부모가 보여주는 관심이 좋다고 느끼는 자녀들은 문제 되는 행동을 수정하기 보다는 지속적으로 문제 되는 행동을 함으로 인하여 부모로부터 관심을 받고자 한다.(부모가 꾸중하고 나무라는 것을 내게 보여주는 관심, 사랑, 애정이라 여기는 자녀들은)

이런 패턴을 부모와 자녀가 계속 유지해 나간다고 한다면, 행동 수정을 취할 당사자는 자녀가 아니라 부모가 되는 것이다. 자녀가 문제 행동을 보일 때에 수정해주려고 하는 것이 아니라 무관심을 하여야 하며 자녀가 올바른 행동을 한다고 여길 때 그 행동을 가지고 칭찬과 격려를 하여 주어야 한다. 자녀가 올바른 행동 하게 되는 순간을 부모는 알아차려야 하기 때문에 늘 민감하게 예민하게 자녀를 살펴야 하는 것이다.

그러나, 우리의 자녀들은 올바른 행동 할 때 보다 문제 행동 하는 것이 더 익숙한 자녀들은 계속 문제 행동을 하려 하고 그 행동을 하였을 때 그 순간순간을 부모인 우리는 잘 버티고 견뎌내야만 한다는 것이다.

자녀에게 수정하라고 타이르고 싶어지는 그 순간! (타자들에게 공 좀 잘 치라고 말하고 싶어지는 그 순간) 자녀에게 올바른 행동을 하게 하려고 이야기하고 싶어지는 그 순간! (상대 선수들의 공을 잘 잡아달라고 말하고 싶어지는 그 순간) 부모인 자신도 모르게 부정적인 말이 나오려고 하는 그 순간순간들을 (멘탈이 흔들리려고 하는 그 순간 그 순간들) 잘 버티고 견뎌내고 이겨내고 그 자리를 물러날 줄 알아야 한다는 것이다.

그 순간순간들을 잘 버티고 견뎌내고 이겨내고 돌아서는 부모를 여러 번 경험하게 될 때에 비로소 우리의 자녀들은 그때에서야 문제 행동을 수정하는 행동화에 들어간다는 것이다. 부모가 그토록 원하는 올바른 행동을 하게 된다는 것이다.

8회 말 기아가 집중력을 발휘하여 동점을 만들어내고 역전을 만들어내서 지는 경기를 이겨 승리의 기쁨을 가져가서 양육자인 어머니에게 기쁨을 만들어 주듯이 말이다. 그래서 양현종 선수는 승리를 챙겨 갈 수 있었던 것이다.

네 번째 야구 양육 칼럼

프로야구 중계를 통해서 본 "콩 심은 데 콩 나고 팥 심은 데 팥이 날 수밖에 없는 것"의 양육적 의미.

부모인 우리는 아주 가끔은 팥을 심어 놓고 콩이 길 바라고, 콩을 심어 놓고 팥이 길 바라는 경우를 종종 찾아볼 수 있다. 그러나 내가 무엇을 어떻게 심었느냐에 따라 심는 대로 거두기 때문에 콩 심은데 콩 나고 팥 심은데 팥이 날 수밖에 없는 것은 어쩔 수 없는 사실이다. 자녀를 양육하는 부모들은 '콩 심은데 콩 나고 팥 심은데 팥 난다.'라는 속담을 다시 한번 되새겨 보았으면 하는 작은 바람을 담아 본다.

넥센 히어로즈의 이정후는 타석이면 타석, 수비면 수비 자신의 위치에서 최선을 다하며 팀의 승리에 기여하는 바가 프로 2년 차라고 믿기 어려울 정도로의 실력을 갖추고 있는 아주 유망한 프로야구 선수이다.

어제는 (2018. 10. 20. 토) 대전 한화 생명 이글스파크에서 넥센과 한화와의 준플레이오프 2차전이 열렸었다. 넥센이 수비를 하고 한화가 공격을 하는 9회 말 이정후는 김회성의 타구를 완벽한 수비로 막아내는 과정에 왼쪽 팔이 꺾이면서 통증을 호소하여 다른 선수로 교체되었었다.

많은 사람은 이런 이정후에게 신들린 수비력, 명품 수비, 짐승 수비, 완벽 수비, 10년 차 외야수 못지않은 수비력을 갖춘 선수 등 다양한 어휘력으로 칭찬 및 격려하기에 바빴다.

넥센의 외야 수비 지도를 맡고 있는 송지만 코치 역시 이정후 선수에 대하여 "원래 가진 능력이 뛰어난 선수, 10년 차 외야수를 보는 것 같은 선수, 타구에 대한 집중력이 아주 뛰어난 선수로서 두려움이 없고 굉장히 여유가 있다."는 의미로 후한 점수를 주었다. 또한, "스프링 캠프에서 배운 걸 시즌 때 활용하는 응용력이 매우 뛰어나다."라고 하면서 "팀 내 투수 및 상대 타자의 성향을 다 파악하고 자신의 능력치를 알고 움직인다."라고도 말하였다.

아울러 많은 스포츠 기자들도 이정후 선수에 대하여 앞다퉈 이야기하기를 마다하지 않는 듯하다. "긴장되는 상황에도 위축되지 않고 동물적인 감각을 살리는 것 역시 타고난 천재 이정후의 야구 본능이다."라고 한희재 기자는 말하였다.

그렇다.

이정후 선수는 저런 말을 들을 수밖에 없을 만큼 열심히 하고 노력하고 매사에 최선을 다한다. 거기에 자신을 알고 적을 정확히 알기에 매 상황에 대처하는 응용력 또한 뛰어나다. 그뿐인가? 슈퍼 갑 멘탈에 긴장되는 순간에도 동물적인 감각과 본능적인 감각으로 타석에서는 방망이를 휘두르고 있다. 그라운드에서는 펄펄 나는 선수로 거듭날 수밖에 없는 조건을 자기 것으로 만들어 버린 선수이다. 왜냐하면, 그는 '바람의 아들'이라 칭하는 아버지를 가졌기 때문이다. 그는 다름 아닌 '바람의 손자'가 아니던가!

모든 야구 선수들의 아버지가 바람의 아들이 아니지만, 이정후만은 그의 아버지가 바람의 아들이고 본인은 바람의 손자이기에 저런 피드백을 들을 수밖에 없는 부분이 분명히 있다는 것이다.

바람의 아들인 이종범 해설위원은 (현, MBC스포츠) 자신의 아들이 자신처럼 야구 선수가 되는 것을 원하지 않았다고 한다. 그러나 결국 자신처럼 야구 선수가 되었다. 그것도 프로야구 선수, 그것도 많은 이가 응원하고 지지하고 격려하고 사랑하는 선수 말이다.

그렇다면 여기에서 이정후의 어린 시절을 한 번 유추해 보기로 하자. 이정후는 어디에서 놀 때에 가장 즐거웠고 무엇을 행할 때 가장 행복하였을까? 아마도 운동장이 아니었을까? 그것도 아버지랑 함께하였을 때 가장 행복하고 즐겁지 않았을까? 그곳에서 방망이를 휘둘리고 운동장을 뛰어다닐 때지 않았을까? 그것도 야구장. 그러하기에 아버지를 따라 야구장을 많이 찾았을 것이며, 선수들을 만나왔고 그들을 쉽게 삼촌이라 부르며 따랐을 것이다.

경기장이면 경기장, 연습장이면 연습장, 사석이면 사석. 그는 거리낌 없이 어마어마한 프로야구 선수들을 가장 가까이에서 지켜 보아왔다. 또 그들은 이정후를 어렸을 적부터 보아 온 낯설지 않은 존재들이었기에 가까이 갈 수 있는 선배들이었다. 큰아빠였고 작은아빠였으며 삼촌들이었다. 언제나 덕담과 함께 어떻게 하면 잘 치고 달리고 잡는지를 오고 가는 이야기 속에서 자기 것으로 주워 담을 수 있는 환경에 노출되었던 것이다.

우리 속담에 "서당 개 삼 년이면 풍월을 읊는다."고 하지 않았던가?

여기에 비쳐 볼 때에 그럼 이정후는 풍월을 읊을 뿐만 아니라 풍월을 가지고 얼마나 많은 응용력을 행사하였겠는가? 서울로 이사 와서는 저녁이면 매일 밤 아파트 주차장으로 내려가 주차하기 위하여 헤드라이트를 켜고 오는 차 앞에서도 방망이를 몇 백번씩 휘둘렀다고 하지 않던가? 이러하니 이정후는 프로야구 선수가 되기 전부터 프로야구에 대하여 이미 간접적인 경험들을 자기 것으로 소화를 하고 있었다. 이 경험들을 바탕으로 직접적인 경험 현장에서 적용하고 좀 더 나은 자세를 통한 타격감과 수비 향상을 위하여 노력하였을 텐데 어찌 실전에서 이런 동물적인 감각과 본능적인 감각이 발동하지 않겠는가? 이러하니 천재 소리를 듣는 것이며, 슈퍼 갑 멘탈을 가진 소유자란 소리를 듣는 것이다.

그런데 요즘 우리 사회는 어떠한가? 헬리콥터 부모, 헬리콥터 맘이라는 신종 언어들이 생겨나고 그 언어에 맞게 많은 부모는 자녀의 머리 위를 맴돈다고 하지 않던가? 그런데 바람의 아들 이정후의 아버지는 헬리콥터 부이던가? 내가 접한 정보로는 '아니다'이다. 충분히 아들에게 타석에서, 그라운드에서의 자세나 기술에 대하여 지도 감독을 할 만함에도 불구하고 야구에 관한 이야기는 하지 않는다고 한다. 행여 물어볼라치면 '너희 팀 선배, 코치, 감독님에게 물어 봐.'라고 한다고 한다. 그만큼 아들이 속한 팀의 선배, 코치, 감독에 대한 신뢰와 존경을 아버지가 보내주고 그 소속에 속한 선수라고 한다면 거기에서 운영되는 체계, 규칙, 구조 등을 배우라는 것이니 얼마나 훌륭한 아버지고 선배가 아닌가.

바람의 아들인 이종범 본인 자신이 아들이 속한 팀의 선배, 코치보다 실력이 부족하기에 소속 팀 관련자에게 물으라고 하였겠는가? 선을 지켜냄으로써 지금의 아들을 만들어 낸 것이리라. 아들을 믿고 기다린 보람이 아니겠는가.

부모는 자녀들에게 조금만 더 책임감 있는 모습으로 우리 자녀들에게 어떤 환경을 만들어 줄 것인지 고민을 하여야 할 것이다. 맹모삼천지교에서도 우리가 배우듯이 그냥 주어지는 것은 없는 것이다. 심지 않았는데 부모라는 이름으로 자녀에게 무엇을 거두어들이려고 해서는 안 되는 것이다. 부모가 먼저 자녀의 거울이 되어 주어야 우리들의 자녀들은 부모가 비쳐 주는 거울을 보면서 "나"라는 자신을 만들어 가는 것이다.

그렇다면 부모는 자녀에게 어떤 거울을 비추어 줄 것인가?
그 선택은 오로지 자녀의 몫이 아니라, 부모인 우리의 선택에 달려 있다는 것에 대하여 다시 한번 명심하여 주기를 간절히 바라본다.

Part 8

시상 편

고독과 죽음

아무도 살지 않는
삭막한 모래밭
그 가운데에 조그만 조개 하나
밀려왔다 밀려가는 그 바다의 물결이
흐르고 있었다

동. 서. 남. 북의 갈림길에
단 하나
갈 길은 그 한 어느 길
오직 나의 사랑이 숨 쉬고 있는 곳이었다

쓸쓸함과 영원히 숨진 바다
흐느끼는 물결이 출렁이는
그곳은
삭막한 모래밭 끝의 북쪽이었다

타인들의
웃음과 사랑이 그곳엔 없었다

조용히 흘러가는 쓸쓸한
배 한 척과 같은 파도의 울림만 있을 뿐

북쪽의 낭떠러지
그러나
고독과 죽음이 함께 하는 오직
나의 사랑 심(沈) 바다였다

그리움 하나

한 잔의 술잔에
타는 듯한 외로움을
그리움으로 채우고
나는 오늘
머 언 산 바라보며 마신다네

두 잔의 술잔에
남쪽 쪽빛 고향을
노랫가락 장단 맞추며
나는 오늘
마음 가득 담아 마신다네

세 잔의 술잔에
보고 싶은 얼굴들을
한없이 그려가며
나는 오늘
흐르는 눈물 섞어 마신다네

세상이 좁다 해도 나 아직
그리운 빛깔 만나지 못했으니
석양의 노을을 술잔에 가득 담아
그리움으로 또 채워 마신다네

나 이제 노래하리라

비 오는 푸르름 속에서
싱그러움을 노래하리라
메인 것에서의 자유함
또한 노래하리라

이제는
자기애가 가능할 것 같은 설레임
가슴 떨림 그 느낌 그대로

눈에 보이는
손에 잡혀지는
그 어떠한 현실보다도
더 큰 가슴 떨림의 설레임

빗방울과 함께 너울너울
춤추는 감춰졌던 자아
자기애의 탄생

따스한 보드라움의 초대에
지켜보며 떠 오르게 하고
알아차리며 떠나보내고
맞이한 패러다임

나 이제 즐겁고 기쁘게
나 이제 노래하리라

나의 사랑

넓게 푸르게 잔잔하게
온갖 세상의
웃음과 울음을 머금은 채
바람과 함께 살아가는 마가렛 같이

조그만 터뜨리면
무한한 신비함으로
가녀린 보드라움을
움켜쥐는 꽃망울같이

먼동이 터오는 새벽을
영롱한 햇살의
청명함으로 태어나는 이슬같이

생명의 고귀함을 노래하고
잉태의 비밀을 찬미하는
축복의 봄볕 소리같이

때로는 한 켠으로 비켜서서
앞길을 내어주고
때로는 한 발 뒤로 물러서서
앞길을 밝혀주는
그런 나의 사랑으로

넋두리 한 마당

무슨 말이라도
어떠한 답변이라도
해야 할 것 같은데
할 말이 없다

빈 가슴뿐이라서

넋두리 두 마당

답이란 있는 거야
찾기 전에 포기해서 모를 뿐이지

찾다 보면
빈 가슴인 것을 알게 되겠지

모의 태중에서부터
시작된 모순이
빈 가슴인 것을 깨닫게 되겠지

이제는
나답게 사는 거

모의 태중에서부터
시작된 모순을
이제 서서히 내려놓으면 답을 찾을 수 있을 거야

나답게 살기 위하여…

그리움 두울

밤새 생각이 많이 난
기인 밤이었다

생각만 많을 뿐
어떻게 할 수는 없는 노릇이었다.
생각은 계속 꼬리를 물고
생각을 만들어내었다

생각 속에 머물고 붙이고 잘라내고
또 붙이고 잘라내고를 반복하다 보니
한숨도 자지 못하였다

동이 트고서야
날 밤 새운 것을 알았다

그리고 한 마디 적어 보냈다

"보고 싶어"

끝없는 생각 속에
어둠과 함께 그리움은 깊어졌고
동이 트는 길을 안내하여 주었다
보고픔의 끝자락으로

자기 성장하는 벗에게

축복하며
사랑하며
벗님께 드리네

처음엔
이것만이 나인 줄 알았는데
한 꺼풀
두 꺼풀
벗을 때마다
내가 알고 있다는 나는 아주 미약한 존재로
나의 과거를 장식하고
내가 상상조차 할 수 없었던 거대한 존재가
나의 과거에도 존재했음을 나만 몰랐던 벗이여

내가 누구인지 깨달아 알기 시작할 무렵
본성을 찾아가는 감격의 울컥함을 벗은 아는가

내가 누구인지 알아가며
아름답게 성장을 꿈꾸기에
벗이여
그대는 나의 최고의 벗이라네

투영

네 모습 속에서
또 다른 나를 보았어

받아들인다는 어려움
바라다 봐야하는 아픔
얽히고설킨 삶이기에
너의 잘못도
나의 잘못도
그 어느 누구의 잘못도 아닌
가해자면서 피해자요
피해자면서 가해자인
우리 서로를 용서하자

그저
세모도
네모도
동그라미도
너이고 나인 것을…

가만히 안아보자
너이고 나인 것을…

먼 길 떠난 친구에게

80년대
고향을 등지고 상경한 낯선 서울에서
내 너를 만났지

고향 사람이라면
묻지마 가족이 되어버린 그 시대 그 문화
그저 한가족인냥
금세 친밀한 사이가 되던 그 시절

나는 그렇게 너를 알았다

어느 날 너는
교통사고로 목발을 짚고 다니며
수원에 간다기에
강의도 빠지고서 너와 동행하던 그날

수원의 한 레스토랑
돈까스를 먹고 나선
졸음을 이기지 못해
긴 의자에 몸을 기댄 채 꿀잠을 자기도 했었지

청량리역에서
나타나지 않은 너를 두 시간이 넘도록 기다리면서도
오고 가는 사람들 보는 것이 재밌어서
화도 짜증도 나지 않던 그 시절

우리는 그렇게
결혼하고 임신하고 출산하고 양육하고
세월 다 보내고 서로에게 잊혀진 존재로 살았지

그러던 어느 날 문득
네가 궁금하여지고
네가 그리워지고
그렇게 너는 너를 찾게끔 내 뇌리에서
며칠을 떠나지 않았지

그리고
듣게 된 답변은
"한 달 전에 죽었어요"
"한 달 전에 죽었어요"
"한 달 전에 죽었어요"

그렇게 너의 부고 소식을
네 어머니를 통하여 전해 주었지

그렇게 너를 보냈다
천상으로 보냈다
추억 속에만 있는 존재로
그렇게 너를 보냈다

오지 않은 너를 2시간 넘게 기다렸듯이
내 가거든 버선발로 맞아 주거라
친구야

부모가 먼저

유자녀 부, 모들은 늘 이렇게 말한다
"말을 너무 듣지 않아요"

그럼 나도 늘 그렇게 답한다
"부, 모는 말을 잘 듣나요?"

한참 생각하다 말한다
"아니요. 안 듣죠"

이때다 싶어 말한다
"부, 모도 안 듣는데 왜 들어요"

물은
위에서 아래로 흐르고
사랑도
위부터 내려오는 내리사랑이라는데
부모에게서 배워야 하는 것

부모가 먼저
부, 모인 내가 먼저

관조(觀照)

길을 잃지 않고 흐르는 강물을
물끄러미 바라봅니다

바람보다 더 빨리
민초보다 더 숨 가쁘게
제사장 나라로 나아가는 가시밭길을
우리 같이 일번으로 걸어 봐요

앞다투어 꽃 피어나듯이
삼천리 금수강산에
환대와 상호 존중으로
활짝 피어나길 바라는 마음에
피어나는 꽃을 물끄러미 바라 보니
꽃을 바라보는 그대도 꽃이랍니다

아집이 없고
고집스럽지 않은 어린이에게서
지금 여기를 사는
어린이(眞我)의 참모습으로
다가가는 그 순간순간들

우리가 서로에게
가슴의 사랑으로
'괜찮아'라고 말할 때
바로 그 순간
우리는 바다(海: 어머니)가 됩니다

보이는 가시세계(可視世界)가
보이지 않는 불가시세계(不可視世界)에게
휘둘리는 현실 앞에서
나의 시선을 관조(觀照)하면서…

귀한 만남

깊고 깊은 바람이 하늘에 닿아
그분을 만나 뵙다니
설마 꿈 속은 아니리라
내 생애 인연이요
남은 여정의 디딤돌 되리니…

고민 끝에 질문한 답변들에
툭 던진 한마디 마디가
내 가슴 해일되어
깨달음으로 폭풍우 치나니
"아하!"가 절로 신음되어
물음으로 나를 감싸고

물은 물이요
산은 산인 것을
물과 산을
뒤엉켜 보고 살아만 왔는가!

네가 아닌 나를 돌아보며
네가 아닌 나를 투명케 하고
네가 아닌 나를 챙겨보고
네가 아닌 나를 만날 수 있다면…

상대를 가슴으로
만날 수 있으리라는 그 가르침으로
내 생애 기쁨 되어
내 남은 여정의 주춧돌 되리라!

길을 묻는 그대에게

길을 묻는 그대에게
나는 답 하리
그대 깊고 깊은 상처 안에
그대가 묻는 답이 있노라고

길을 묻는 그대에게
나는 답 하리
그대 부모와의 관계 경험 안에
그대가 묻는 답이 있노라고

길을 묻는 그대에게
나는 답 하리
그대 안에 울고 있는 이 있거든
그에게 물으라고

길을 묻는 그대에게
나는 답 하리
그대 안에 그에게 물어서 들은 답을
그냥이란 말로 흘려보내지 말라고

길을 묻는 그대에게
나는 답 하리
그대 안에 그가 한 말을 새겨들었다면
이제 행동으로 옮길 때라고

길을 묻는 그대에게
나는 답 하리
길을 묻는 그대에게
결국 해답은
그대 안에 있었노라고

길을 묻는 그대에게
나는 답했네

계절 5월

가족의 계절 5월

음력으로 그 어느 날 계절 5월
기다리고 기다리던 사내아이가
계집애로 태어난 계절 5월

아버지
첫 비행기 훨훨 타고
제주도 꽃구경 가셨던 계절 5월

어머니
67세 홀로 되어 아버지 못다 산 이십 년 세월
이어 살다 가시던 계절 5월

이마 땀방울 계절 5월
미래의 꿈나무 계절 5월
받은 은혜 감사 계절 5월
가르침 되새김질 계절 5월
큰 대열 합류 계절 5월
민주 부르짖다 영면 계절 5월

둘이 하나 되는 계절 5월

이렇게도
풍성한 계절 5월
그 찬란한 계절 5월

그 계절 5월 앞에서
나는 편지를 쓴다

내 마음 딸리고
내 가슴 때리는
머나먼 곳으로 가 닿을 때까지
써 보내는 계절 5월
그 계절 5월
나는 긴 편지를 쓴다

인연 이별

문 앞에서 노크를 한다

어느 누구도 초대하지 않은 방문에
여기까지인가라는 생각만 든다

그렇게도 손짓하며 초대할 때는
은근슬쩍 다가와
빼꼼히 문틈으로
들여다 보길래 왔나 싶어
잡으려 하면 멀어지고
잡힐 만하면 사라져
발을 들이지 않더니
이제는 스스로 찾아와 노크를 한다

문을 열고 들어오도록
허락해 주어야 하는지
갸우뚱거리게 한다

하지만
할 수 있는 일이란 아무것도 없다.

손 안에서 떠나버린 일이라
순리를 거스릴 순 없으니
이치를 따르지 않을 순 없으니
여기까지만 허락된
시간이었다고 위로한다

이제 따라나서야 할 때이다
어떠한 말로도
묻지도 따지지도 않고 채비를 한다

그리고 길을 따라나선다

허탈한 웃음도
헛헛한 눈물도
여기까지 오는 동안 다 쏟아내었는지
무미건조한 마음만 챙겨 싸맨 채
먼 길을 따라
떠나 나선다

짧은 인연
긴 이별 앞에서

기도

입춘이
코앞이니

매화
산수유
향내음도
코앞이고

쑥이 쑥쑥
겨울을 밀고 봄기운 엿 보고

생명의 부력이
식탁의 냉이로 입맛 도울 때

홍매화
진달래
개나리
피어나고 있으니

온 천하

생명 평화로

피어나길

두 손 모아

빌어 보는 이 시간

자기 사랑

쌓이고 쌓여
눈사람 되고

하루 한 날이
한 해로 매듭짓는 세밑

뒤안길 수고 많았던 나에게
찬사를 보내는 한 해 마무리

내 안에 피어나
지지 않고
꺾여지지도 않고
사그라지지도 않는
자기 사랑꽃 피워

진한 향기 품은 내 사랑
자기 사랑
영원한 내 사랑
자기 사랑

무의식

돌멩이 밀어 올리는 새순처럼
바위 구멍 내는 낙수물처럼
벽 타고 오르는 담쟁이처럼

구름 뒤 숨어도
제 빛깔 밝히우는
달님처럼

사랑과 상처 속에서도
꿈쩍달싹하지 않는
너와 손 잡으면
내 인생 대박 꽃

봄의 생명(生命)

디밀고 꿰뚫어
움트는 새순들의 잔치
지치지 않게 하는 기도로

연한 초록으로
물들어가는 숲의 꼬드김에
넘어가도 좋을 것 같은 이 마음

대낮에 등불 들고
사람 찾아 두리번거리는 눈빛이
내게서 발견되는 오늘을
두 눈 부릅뜨고의 동행 여정

여름의 감각(感覺)

푸르게 우거진
울창한 숲의 눈짓
그윽한 향
풀 내음의 향연

사람은 도시를
신(神)은 자연을

피고 또 피는 꽃
은근과 끈기로 화답하는 사람들

이글거리는 태양 빛에
땀방울은 흐르지만
삼천리 화려강산
평화의 잔물결로 넘실거리는 춤사위

가을의 찬가(讚歌)

조석으로 선선한 바람 찾아오고
산천초목은 때깔 곱게 물들어가고
낙엽 뒹구는 장단에 맞춰
귀 뚜르르 노래하니
바야흐로 옷을 갈아입으라는 가을이네요

들녘에 멈춰 서서 텅 빈 하늘
올려다보는 이
바람처럼 옷자락 나풀거리며
걸어가는 이
허리 굽고 걸음 어긋 진
농부의 뒷모습들
한 폭의 그림 같은 가을이네요

들녘의 곡식은 익어가는 향 내음을 뿜어대고
소슬바람에 낙엽은 뒹굴뒹굴 바스락거리고
푸른 빛 도는 가을 하늘은
우리의 뼛속까지 비추이는 듯 가을이네요

황금 들녘도 황량한 빈 들도
고실고실한 이밥도
농군의 땀방울도
모두가 사랑으로 다가오는 가을이네요

까치밥으로 수를 놓는 우리 조상들의 운치도
양털 구름으로 옷 입고 국화 향기로 밥 먹고
사뿐사뿐 걸으며 들숨과 날숨들
그 곱디고운 맘씨와 배려를 알아차리고
기억하니 가을이네요

곡식이 익어가는 것도 한참을 바라봐야 하는 이때
밤하늘의 저 달과 별은 이다지도 환하고 빛나건만
우리 사람들은 왜 이토록 아프고 슬픈지
가을이네요

겨울의 자유(自由)

산천초목들은
숨 가쁘게
겨울 채비를 하고

소나무들은
여전한 자태로
독야청청

하얗고 뽀얗게
살라하시는
눈꽃 세상에서

경계와 국경과
삼팔선까지도
넘나들라고

Part 9

편지 편

수수씨 편지

고층빌딩을 선물로 주신 사랑하는 소장님께.

소장님, 첫줄부터 넘 재밌게 시작하는 레터죠? 하하하, 이렇게 웃고 시작할게요. ^^

제게 고층 빌딩을 선물 해주신 소장님이라고 하니 빌딩부자 김 소장님이 가지고 계신 셀 수 없는 빌딩들 중, 디자인이 멋진 강남역 근방 10층 빌딩 하나를 떡하니 제게 주신 느낌이에요.

어느 봄이었을 거예요. 제가 소장님 상담실에 주 1회씩 상담을 가기 시작해서 어느 날 세어 보니 1년 반이 넘어가고 있었어요.

소장님과 상담이 매주 기다려지고, 가장 제 인생에 가치 넘치는 날들이었죠.

나의 무의식이 어떤 것인지도 모르고, 그렇다고 내 의식이 어떤 건지는 알았냐, 그것도 아닌, 한마디로 자존감은 찾아볼 수 없는 저에게….

20년 대기업 3사를 다닌 경력을 자랑하듯 이야기하고, 경제적으로도 크게 어려움이 없다고 잘난 척을 하고, 한국 사회에서 살아가기 나쁘지 않은 스펙으로 살아가고 있다고 크게 착각했던 저에게….

제 자신을 사랑하는 방법을 알려주시고,

제 배우자를 사랑하는 방법을 모르는 제게 배우자를 사랑하는 방법을 알려주시고, 결혼 17년 동안 자식이 없는 제게 자식이 주는 인생의 또 다른 세계에 대해서 말씀해 주신 소장님은 어느새 제 인생에 스승님이 되어 계시더라구요.

소장님과의 상담을 통해 마음속에 자존감이라는 건물 하나를 세우기 위해, 땅을 튼튼하고 건강하게 다지기 시작했고, 어느 정도 됐다고 판단 후, 층을 한 층 한 층 올리기 시작했습니다. 그렇게 그렇게 높아진 층이 지금은 대한민국 어디에도 부럽지 않은 마음속 고층 빌딩이 세워지게 되었답니다. 물론 이 층수는 높을수록 제가 짱짱해지는 느낌이라, 목표를 두지 않고 층수를 높이는 중이에요.

마음속 자존감 빌딩의 층을 한 층 한 층 높여가면서, 남편과의 불화도 해결되고, 덕분에 예쁜 아들도 낳아 벌써 2살이에요. ^^

한때는 자식 낳기를 거부한 저희 부부에게 찾아온 예쁜 아가는 현재 저희 부부의 삶의 낙으로 자리 잡아 너무나 큰 행복을 주고 있답니다.

소장님, 저는요,

아가에게 삶의 행복이 무엇인지를 알게 해주고, 자존감이 인생에 가장 중요한 가치임을 알게 해주고, 스스로가 자신 있고, 용기 있게 사는 삶을 바라보는 부모의 모습으로 살고 싶어요. 그래서, 아이가 자라면서, 스스로를 위로하고, 스스로를 믿고 살 수 있는 언덕을 만들기에 도움을 주는 부모의 역할을 하고 싶어요.

세상에 널리고 널린 수많은 빌딩들 소유도 중요하겠지만, 그보다 더 중요한 것은 마음속 튼튼 빌딩이 가장 중요하다는 것!! 이것을 제게 주신 소장님께 다시 한번 감사드려요!

"평생 쌓을 수 있는 빌딩을 선사해주신 소장님, 고맙습니다!
종종 제 건물에 놀러 와 주실 거죠? 사랑합니다."

소장님을 겁나게 사랑하는 수수 드림

김효현씨 편지

상담의 필요성을 절실히 느낄 때 친언니에게 소장님을 소개받았다. 두 번째 상담에 갔을 때 '과연 내가 변할 수 있을까?' '우리 부부관계가 변할 수 있을까?' 의문이 들었다.

그리고 한 편으로 우리 남편이 변할 수 있다는 것도 두려웠고, 내가 변할 수 있다는 것도 두려웠다.

하지만 믿고 따라가 보자 생각했다.

네 번째 상담에서였을까? 평생 오십 넘은 언니와의 관계에서 뭔가 부딪힌다고 여겼던 마음속 깊은 곳에서 돌덩어리가 내려가는 듯한 경험을 하고 언니에게 전화하였다. "언니 김희정 소장님 소개해 줘서 고마워."

얼마 전 내면 아이 치유와 성장이라는 프로그램에 참여하였다. 거기에서 나는 오빠에게 벨트로 매 맞으며 악을 지르는 나를 만났다. 그 아이를 위로하고 껴안고서 울었다. 그러기를 여러 번 내 안에서 희망이란 단어가 떠올랐다. 자꾸만 떠올랐다.

내 얼굴에 화색이 도는 것도 느꼈다. 나는 또다시 언니에게 전화했다.

"언니, 김희정 소장님 소개해 준 것으로 언니는 내게 할 일 다 했어. 고마워."

한 사람의 삶을 바꿔줄 수 있는 사람.
바로 김희정 소장님께 무한 감사와 사랑을 드린다.

2022년 12월 2일 김효현 드림.

강선경씨 편지

소장님.

어느덧 상담을 시작한 지도 1년이 훌쩍 지나갔습니다.

짧지 않은 시간을 소장님과 함께 나누며 인생의 적지 않은 부분이 바뀌었음을 느끼게 됩니다. 요새 유행하는 말로 제 인생은 소장님을 만나기 전과 만난 후 둘로 나누어지는 것 같습니다.

고달픈 인생을 혼자 온통 짊어지고 고통스러움을 덜어내고자 찾아간 상담센터에서 처음 뵌 소장님의 첫인상에서 단호함이 느껴졌습니다. 다른 상담사들처럼 아이 달래듯이 무조건적인 공감이 아닌 조금은 아플 수 있는 팩트를 정확하게 말씀하셨지요. 머리로는 이해하지만 마음으로 받아들이기는 쉽지 않은 아픈 진실이었습니다. 하지만 상담을 하면서 아프고 받아들이기 어렵던 팩트가 점점 선명해지고 과정별로 진행하며 세심하게 제 감정을 분석해주시는 시간이 쌓여갈수록 조금씩 받아들여지고 가슴에 스며들었습니다.

태어나서 처음으로 제 자신에게 편지도 써보면서 제 자신을 돌아보고 정리하는 시간이 마냥 낯설고 어색했지만 숙제라고 하니 열심히 한 결과 나 자신에 대한 탐구를 해보고 사랑스럽게 바라볼 수 있게 되었습니다. 처음에는 그런 과정들이 익숙하지 않아서 힘들다고 느꼈는데 1년이 지나고 되돌아 보니 모든 과정을 잘 이끌어주시고 손을 잡고 늘 희망을 심어주신 소장님께 감사한 마음이 크게 다가옵니다.

그 과정들을 포기하지 않고 지금까지 온 제 자신에게도 셀프 칭찬을 해봅니다. 자존감이 낮아서 자책도 많이 하고 힘든 일이 있으면 회피하거나 혼자 참아내는데 익숙했던 제가 이제 세상을 향해 제 목소리를 낼 수 있게 되었고 아가가 첫걸음마를 떼듯이 온전한 제 자신을 세상에 처음으로 드러낸 것 같아서 설레기도 합니다. 아직은 첫 발걸음을 뗀 정도라서 미숙하고 때로는 긴장감에 불안하기도 하지만 이젠 스스로 그런 감정을 알아차리고 다독일 수 있는 힘이 생겼음을 느낍니다.

소장님께서 믿고 이끌어주셔서 여기까지 올 수 있었고 앞으로의 다가올 날들은 살아갈수록 내면이 강해질 수 있으리라 생각합니다. 늘 소장님의 든든한 응원이 있음을 믿기에 가능한 일이었겠지요.

제 인생의 중요한 전환점이 된 상담이 저한테는 최고의 선물이었습니다. 감사드립니다. 저 역시 1년을 돌아보면서 김희정 소장님께 편지로나마 감사 인사드립니다.

"김희정 소장님 감사합니다."

2022년 12월 22일 강선경 드립니다.

최화영씨 편지

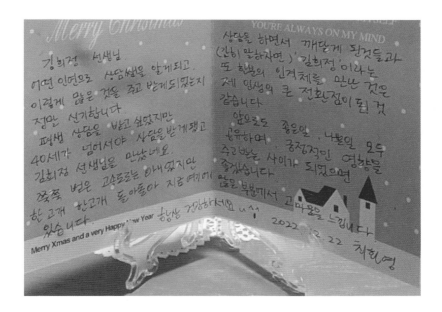

김희정 선생님

어떤 인연으로 상담 쌤을 알게 되고, 이렇게 많은 것을 주고받게 되었는지 정말 신기합니다.

평생 상담을 받고 싶었지만 40세가 넘어서야 상담을 받게 됐고 김희정 선생님을 만났네요.

쭉쭉 뻗은 고속도로는 아니었지만 한 고개 한 고개 돌아 돌아 지금 여기에 있습니다.

상담을 하면서 깨닫게 된 것 들과 (감히 말하자면) '김희정'이라는 또 한 분의 인격체를 만난 것은 제 인생의 큰 전환점이 된 것 같습니다.

앞으로도 좋은 일, 나쁜 일 모두 공유하며 긍정적인 영향을 주고받는 사이가 되었으면 좋겠습니다.

많은 부분에서 고마움을 느낍니다.
항상 건강하세요.

2022. 12. 22 최화영

박현주씨 편지

김희정 소장님께.

코로나 19로 인하여 대면 교육이 아닌 비대면 교육으로 만나는 과정이었지만, 제게는 소장님을 만나기 전과 후가 확연하게 다른 삶을 살고 있다 말씀드릴 수 있을 것 같아 몇 자 적어 봅니다.

소장님.

제 나이 40이 넘었고, 제게는 어디에 말하면 눈물부터 나는 상처가 있지요. 물론 저는 모든 사람이 상처 한 두 개쯤은 가지고 살고 있다 생각합니다. 그렇다 보니 40년 이상 가시를 품에 안은 채 살아가고 있었지요. 그 가시가 어디에 박혀 있고, 어떻게 빼고 싶은데 빼야하는지 몰라 몇 몇 군데 상담센터를 방문했었어요. 하지만 원 프러스 원처럼 가시 빼는 건 고사하고 공허함까지 더 해 가져오곤 했었죠.

그러다 우연찮게 석사 과정에서 함께 공부했던 한 선생님으로부터 "아름다운동행 상담센터"에서 하는 프로그램 같이 들어보는 것 어떠냐는 제안을 해 주셨네요. 저는 반신반으로 알겠다했구요.

소장님의 이마고 부부관계치료 이론으로 진행하는 "관계 회복 프로그램" 과정을 듣고 크게 한 대 맞는 듯한 느낌이 들었어요. 그것은 제 안에 통찰이 되어가는 것이었지요.

뭔지 모를 내 안의 분노와 짜증이 치밀어 오를 때면 화가 나고 큰 소리 치는게 다반사였어요. 이 또 한 원인을 알게 되었네요. 내 안에 울고 있는 내면 아이 현주가 있음을 알게 되었네요. 그 아이를 위로하고 사랑하고 수용하고 재 양육을 소장님을 통하여 하게 되면서 많은 변화를 경험하게 되었습니다.

저는 모르고 있었는데 어느 날 소장님께서 "목소리 변했는데 알고 있느냐?"는 질문에 아이 같은 제 목소리가 성인다워져 가고 있는 것을 알아차리게 되었어요. 저도 모르고 있던 사실이었어요. 이런 크고 작은 변화를 거듭 거듭 경험하게 되면서 제 마음도 여유라는 것이 자리 잡고 있음을 알게 되었어요. 자녀들과 남편에게 하는 것을 보면 이전과는 달랐으니까요.

저를 품어주는 엄마의 따뜻한 품을 소장님을 통하여 느껴보았네요. 또한, 불같은 저의 성격으로 인하여 화내는 제게 그 어떠한 말로 저를 평가, 비판하지 않고 "기다려 달라"는 짧으면서도 다정한 소장님의 말씀에 제 마음이 잔잔한 호수처럼 가라앉는 경험을 해 보게 되었을 때 제 안에서 무언가 울컥 쏟아지는 눈물을 보게 되었어요.

소장님. 감사합니다.
이 말을 꼭 전하고 싶었어요. 고백하듯이 전하고 싶었어요. 그래서 이렇게 몇 자 적어볼 수 있는 용기도 제 안에 있음을 발견하게 됩니다. 소장님 감사합니다. 소장님을 만나 저의 변화된 모습에 감사드려요. 소장님.

2023년 7월 14일 박현주 드림.

정동혁 아들 편지

엄마,

2주 전 상견례를 하고 내년 결혼예식 날을 잡아 둔 이 시점에서 부모님 특히 엄마에 대하여 생각을 참 많이 하게 되네요. 아버지, 엄마도 아이에 대하여 이야기하지 않은데 자기가 볼 테니 빨리 낳으라고 너스레 떠는 동생을 보면서도 마찬가지구요.

결혼을 하고 아이를 낳으면 '자식 위한 삶을 살 수 있을까?'라는 생각을 한 번씩 해보곤 해요. 너무나 당연하게 누렸던 엄마의 희생과 사랑이 쉽지 않겠다는 생각을 합니다. 가끔 그런 희생과 사랑이 부담스러워 '고맙다' 표현하지 못하고 되레 짜증을 내기도 했지만, 이 아들의 마음은 '그런 것이 아니었다.'고 편지를 통하여 전해 봐요.

우리 가족을 위해 누구보다 열심히 사시는 엄마! 정말 감사해요. 그런 모습을 보는 나도 열심히 사려하고 엄마를 통하여 삶에 대한 태도를 수정하고 많이 배우게 됩니다.

엄마,

그거 알아요? 엄마의 아름다운 동행 상담센터 블로그에 주기적으로 들어가 새롭게 업데이트 되고 있는 내용들을 읽고 있다는 사실요. 모르셨죠? 얼마 전 새롭게 업데이트된 내용을 보게 되었어요. "언니, 김희정 소장님 소개해 준 것으로 언니 할 일 다 했어"라는 후기를 보면서 무언지 모를 뭉클함에 울컥했네요. 그분의 내용 마지막 부분에서 엄마에 대하여 "한 사람의 삶을 바꿔줄 수 있는 사람"이라고 되어 있더군요.

우리 자식에게 뿐만이 아니라 상담실 찾아오시는 분들의 삶까지도 바꿔줄 수 있는 그런 분을 내 엄마로, 우리 남매의 엄마로 두었다는 것이 너무나 멋지고 자랑스럽고 감격스럽게 다가옵니다.

사랑하는 우리 엄마, 내년이면 부모님의 곁을 떠나 한 가정을 이루고 누구의 사위, 누구의 남편, 누구의 아빠로도 살아가겠지만 엄마의 아들로서도 건장하게 옆에 있고 싶습니다.

옆에 있게 해주실 거죠?

지금까지는 엄마가 나와 동생의 삶을 응원하고 지지하였다면,
이제부터는 며느리까지도 엄마의 삶을 응원하고 지지할 겁니다. 힘나시죠?

그래요. 우리 이렇게만 살아갑시다.

엄마. 사랑하고 존경하는 우리 엄마.
불러보고 불러 봐도 질리지 않은 그 이름.
"엄마… 엄마… 사랑합니다. 엄마…"

2022년 12월 13일 핸드폰에

<사랑 따따블 아들>이라 저장되어 있는
엄마의 아들 동혁 드립니다.